Rosa Caelestis
玻璃玫瑰

Rosa Caelestis

玻璃玫瑰

最美麗的經驗，就是經驗玄秘；
最神秘的探險，就是探險人心

李影

PARTRIDGE

A Penguin Random House Company

Copyright © 2014 by 李影.

ISBN: Hardcover   978-1-4828-2408-7
           Softcover   978-1-4828-2407-0
           eBook   978-1-4828-2409-4

All rights reserved. No part of this book may be used or reproduced by any means, graphic, electronic, or mechanical, including photocopying, recording, taping or by any information storage retrieval system without the written permission of the publisher except in the case of brief quotations embodied in critical articles and reviews.

Because of the dynamic nature of the Internet, any web addresses or links contained in this book may have changed since publication and may no longer be valid. The views expressed in this work are solely those of the author and do not necessarily reflect the views of the publisher, and the publisher hereby disclaims any responsibility for them.

To order additional copies of this book, contact
Toll Free 800 101 2657 (Singapore)
Toll Free 1 800 81 7340 (Malaysia)
orders.singapore@partridgepublishing.com

www.partridgepublishing.com/singapore

楔子

1939年， 非洲剛果。

天下着滂沱大雨， 雷電交加， 使到在森林中的兵士們原本已不容易的任務變得加倍困難。

「啊啊啊啊啊！」又一個上兵被那種不知名樹木垂下的軟枝給捲了上去。

其他人都知道一被那種樹捲中的話必定萬無生理， 個個面如死灰， 回頭看着那正在慘叫掙扎的士兵。

在任務開始前， 沒有人會想到他們的目的地竟然是如此恐怖的一個魔域， 從踏入這森林的那一刻起計算， 他們已失去了八成的同僚， 其中一半都是喪命於這種聞所未聞的樹木手上。

而其餘的人， 有的死在食肉蒼蠅的噬食下， 成了蛆蟲的新居； 有的則死在巨大的捕蟲植物滲出的酸液下， 全身都給溶得只剩骨頭， 有的甚至連頭骨都給溶掉了。

一個肩頭上有着與眾不同紋章的軍官大聲叫道： 「為什麼停下來？ 繼續前進！」

其中一名士兵道： 「但這地方……」

話猶未畢， 那士兵眉心便開了一個血洞， 仰天倒下。

那軍官把佩槍收起來， 寒聲道： 「繼續前進！ 你們要背叛我們偉大的元首嗎？ 為了創造出無敵的『不死軍團』， 希姆萊司令下令我們一定得找到這種能醫治任何傷殘病痛的神奇植物！ 只許成功， 不許失敗！」

眾士兵知道再不走， 下個死的可能是自己， 無法下只得繼續前進。

再走了里許， 一干人等到達一個怪地方。

佈滿參天巨木不見天日的叢林中， 竟出奇地露出了一塊毫無遮蔽， 約五十公尺直徑的圓形草地。 在草地的中心， 零零丁丁地豎立着一株奇怪的植物。

它像是玫瑰一類的植物， 不同的是它的花瓣是透明的， 還散發着柔和的藍光。

那軍官顫抖着一步步走去， 喃喃地道： 「終於找到了……！」

身後傳來微弱的叫聲： 「你們現在可以……放了我的孩子了吧？…… 我已經把你們帶到這裡來了……」

那軍官轉過身來， 冷冷地看着被手下挾持着， 一個五十來歲的非洲土著。

「噢， 我倒忘了， 你的任務已完成了。」說罷那軍官拔出佩槍指着那非洲土著。

「你……！」

「你知道嗎?」那軍官鄙視地道: 「我最討厭的事情便是跟你們這種下等種族說話。」

「砰!」

那可憐的非洲土著和剛才那士兵一樣的在眉心開了一個血洞, 倒在草地上。

在所有人都以為他死了時, 他竟抬起了滿是鮮血的臉龐, 用盡身體殘餘的每一分力氣淒厲叫道: 「你們褻瀆了森林之神的地方, 一定不得好死! 不得好死!!!」這才再重重地倒在地上, 真真正正地斷了氣。但是他一雙血目一直盯着那軍官, 眼中的恨意並未因他生命的消逝而消失, 反更令人不寒而慄。

那軍官看着那非洲土著的屍體, 怒氣一發不可收拾, 「砰砰砰」地向着他的面孔連環開槍, 直到彈夾中的子彈給掏空了為止。

那土著的頭顱被打得成了血肉模糊的一堆, 連眼球也給擠了出來; 流出來的血和其他物質被雨水給冲成一條紅色的小溪, 令人不忍卒睹。剛才扶着他的那兩個兵士甚至嘔吐了出來。

「下等賤種! 你就到地獄去見証我們元首征服世界吧!」説罷那軍官瘋狂的笑了起來。

他一面笑着, 一面伸手去拔那株奇異植物。

就在這時候, 奇異的事情發生了。

只見那株奇異植物發出了瑰麗無匹的藍光, 把旁邊所有東西都罩在強光之下, 其亮度之強令一切事物都被照成了白色。

　　所有人都被此奇異情景給怔住了，　没有人知道該如何反應，　只懂呆若木雞地站着，　所有動作都凝住了。

　　强光消去，　回復雷雨黑夜。

　　所有兵士都消失得無影無蹤，　不留半點渣滓。

第一章•狙擊

「吱吱吱吱！」滑輪落到跑道上，互相磨擦而產生了難聽的聲音。

宇進向窗外望去，剛好看到了金霞萬丈的落日，不禁想起了李商隱的名句「夕陽無限好，只是近黃昏」。

經過了十八小時的航程，他終於到達了中非洲國家剛果(舊稱扎伊爾)的首都金夏沙。

宇進的行李非常輕便，但心情卻非常沉重，以致他在飛機上幾乎沒合過眼。

他的好友徐文在非洲失踪了。

宇進從瑞典回到在美國的家的第三天，便收到日本東京大學植物系教授惠比壽平一的緊急聯絡，說在非洲的考察團來報告說徐文擅自離團，之後再沒回來。

考察團是出多個團體組成的，目的地是剛果森林。徐文是世界上數一數二的植物學家，在此次考察中擔任顧問。

惠比壽教授來電時已經是徐文離開了三天之後的事，也就是說他失踪到現在已超過了九十小時。

徐文乃手無縛雞之力的書生，雖然説他有着一流的植物學識，但對野外求生的技能未必比得上參加夏令營的中學生。這樣一個嬌生慣養的富家子，在滿是陷阱的剛果森林中徘徊了九十小時……宇進甚至不敢去想那後果。

「謝謝！旅途愉快！」在空中小姐微笑的歡送下，宇進隨着人羣走出了飛機，步向出閘處。

出閘處人很多，當中有些人正在埋怨航機太慢，服務不好等等，聽得宇進不斷搖頭苦笑。

好不容易才出了海關，宇進穿過重重的人羣向機場大門走去。

才多走了幾步，他忽然有一種奇怪的感覺，感覺到附近有人在盯着他。

很多人都有這種經歷，就是雖然他們目光的焦點不在那個地方，但仍然可以在眼睛看到的范圍內，感覺到有人在看他們。

普通人尚且會有這種感覺，何況是宇進這種身經百戰的高手？這時他的感覺便是如此，他目光的焦點雖然是落在機場大門外的一輛計程車上，但卻感覺到右側的一組沙發上好像有人盯着他。

他心中不禁奇怪起來。

如果是認識他的朋友，没理由只坐着而不上來打個招呼。

不是朋友，就是監視者或敵人。

這些思維總共花了不到一秒，宇進裝作自然地看過去，暗中卻把警覺提昇至極限。

他看到一個身材高大的金髮漢子，手中舉着的一份英文報正在急速跌下，露出了原本收藏在後的一支槍管。

宇進還來不及思索，條件反射般整個人仰天倒下去。就在他倒下去的同時，他把手中的輕便行李拋向後方，命中了身後一人的面門。

「啪嘞！」

就在身後那人面門中招慘哼着跌下時，子彈就在離他們二人面上不到一呎的距離擦過，打在牆壁上，石屑飛濺。幸好宇進及時把他打下來，否則那人肯定腦袋開花。

槍聲驚動了整個大堂的人，所有人都尖叫着爭相走避，狀如末日。幾個荷槍實彈的警衛人員從不同的方向趕過來。

「砰！砰！砰！」宇進在地上滾動，避開了接踵而來的幾槍，並滾到一條柱子之後。

「放下武器！你已經被包圍了！」警衛人員紛紛拔出佩槍指着那金髮漢子。

金髮漢子當然不會投降，他一個側臥到沙發後面，接着從懷中探出另一柄大口徑的手槍來向警衛人員掃射。

警衛人員怪叫着四下逃開尋找遮蔽物。這也很難怪他們，以火力來計算，他們的佩槍確是遜了一籌。

金髮漢子的另一柄槍毫不放鬆地向着宇進這一方開槍，宇進被迫在柱子之後，進退不得。

「咔！」彈夾掏空的聲音響起。

宇進等的就是這一刻，不等金髮漢子有機會換新的彈夾，他反手抓過在一旁的垃圾桶，用力地向金髮漢子擲去。

金髮漢子的反應也極迅速，立即舉起手臂來擋架，就在他的視線被自己手臂所遮蓋的一剎那，宇進已從柱子後閃出，抓着他的手就向後一拗。

金髮漢子怒叫一聲，手不堪這一拗而鬆開手指，槍跌了下來。他想以另一臂開槍射宇進，但宇進早防了這一着，就在他手臂一開始動時便重重地踢在他膝蓋後的關節上，金髮漢子悶哼一聲，跪倒地上。

宇進一腳踏在他拿着槍的那隻手，金髮漢子吃痛一叫，鬆開了手指。警衛人員湧了上來，其中一名警衛人員立即替他鉹上了手銬。

在機場的警衛室中。

接見宇進的人是機場警衛的最高負責人卡達，他是個頭髮有些花白的中年黑人，個子不高且略胖，但眼中精光閃閃，是個心思細密的人物。

「宇進先生，我在兩年前已聽過你的名字，而且很佩服你在冒險界中的成就，但今次的事件非同小可，希望你能充份地與我們合作。」

宇進點了點頭。

卡達一臉嚴肅：「請問你今次來到本國是為了什麼？那人又為了什麼而襲擊你呢？」

宇進嘆了一口氣，把徐文的事說了一遍，最後攤手道：「至於那人為了什麼而襲擊我，我一點頭緒都沒有。」

他一面説，卡達一直在打量着他的表情，似是在判斷他有否説謊。一説完，卡達便皺眉道：「我不是不相信你……只是我們查不出那傢伙是受了什麼人所僱而進行這次的殺人行動，這對我國的安全構成了一定的威脅。」

宇進一怔，知道了他的意思。

對方的目標是自己，自己一天留在此地，對方也不會罷休，這樣的確對這個國家的安全構成威脅。除非自己能提出一些什麼證明或找個有份量的人來證明自己的目標與恐怖份子無關，否則難保不會被遣送出剛果。

宇進想了一想，道：「我要打個電話。」

兩個小時後，卡達親自把宇進送到金夏沙最豪華的酒店門口。

一反先前態度，卡達變得恭敬了起來，臨走時還答應宇進會把他護送到基桑加尼去。

基桑加尼是剛果眾城市之一，位於剛果東部，人口約在六十五萬上下，是宇進今次遠行的真正目的地。

雖然剛果仍未算得上是個高度發展國家，但它的酒店服務卻非常有水準，在服務生有禮貌地帶領下，宇進進入了他的房間。

房間是豪華的單人套房，陽台，小客廳一應俱全，浴室中甚至有按摩暖水池。

宇進放下了行李，第一件做的事便是打電話去埃及。

電話才響了一下便接通了。

「那姆?」

「小進? 怎樣了? 順利嗎?」

「没問題了, 請代我向克旺將軍説聲謝謝。」

「他説他肯當你的擔保人, 是因為兩年前的事……他只是還你一個人情而已。」

「……」

「好了, 你那邊時候也不早了, 早點休息吧!明天還要趕路呢!」

第二章•相識

　　小型飛機緩緩飛離跑道，　向東北方飛去。

　　宇進坐在舒服的椅子上，　看着窗外不停地倒退的世界，　心中感到奇怪。

　　徐文究竟為了什麼而擅自離開團隊呢？　他為人極有分寸，　做事很有交代，　實在很難想像他會這樣做。

　　宇進喝了一口礦泉水，　腦海中不禁浮現出與他相識的片段。

　　那已是六年前的事了……

＊　　＊　　＊

　　2008年秋，　北京。

　　27歲的宇進正在酒店的咖啡室中寫着他的第二篇博士論文 -- 「地球板塊的運動和地球磁場之關係」時，　忽然聽到旁邊的桌子傳來一聲驚呼。宇進扭頭一看，　見到一個比他小上幾歲的清秀年輕中國人正一臉驚慌地捧着一塊一尺來長的淺綠石頭，　而在

一旁的服務生正不斷地在道歉，看來是那服務生無意中把那石頭給碰跌了。

年輕人：「小心點！這可是非常昂貴的研究資料！可說是植物學中的一大發現！」

宇進好奇地向那石頭瞄了一眼，見到石頭上有着兩行圓圓的凸出物，看上去像是某種多肉植物的化石。

年輕人興奮地對那服務生道：「你知嗎？這化石是我在外面的商店中買到的，證明了在遠古時代的亞洲有着多肉植物的原始種！」

服務生點着頭，一面道歉着一面走了開去。

宇進再看了那石頭多一會，忽然笑了起來，對那年輕人道：「朋友，你被騙了！」

年輕人轉過頭來，疑惑地道：「你是……？」

宇進一笑：「我是學地質和地理的。」

年輕人皺眉：「你說我被騙了是什麼意思？」

宇進手指向石頭：「這化石不是真的，只是被人鑿出來騙遊客而已。」

年輕人眼睛睜得像兩顆彈珠般大：「不可能！你在亂說！」

「我沒騙你，」宇進嘆了一口氣：「你知道這塊是什麼石嗎？」

「我聽那老板說是安徽……青底什麼花的。」

宇進點頭：「不錯，安徽的青底綠花是淺綠色的花崗岩(Granite)，這一塊雖是也是淺綠色，但卻不是花崗岩。」

年輕人一怔，忘了說話。

宇進績道：「這一塊是俗稱叫『響岩』的碱性火成岩，特征是絕不含石英(Quartz)成份。」

年輕人眨眨眼：「那又怎樣？」

宇進道：「化石化作用有三種方式：礦物質填充作用、交替作用和升餾作用。植物化石大多數都是在交替作用下的產物，而在交替作用中，硅(Silicon)的作用非常之大。石英是硅的氧化物之一，試問一塊沒有石英成份的岩石又怎能產生因交替作用而成的化石呢？」

年輕人張大了口，像吞了一隻炮仗椒般說不出話來。

宇進笑着搖了搖頭：「朋友，我看你還是找那老板退錢吧！」

年輕人看了看他，又看了看那石頭，失笑了起來：「算了吧！用一萬人民幣來買個教訓，也不算貴。」

宇進一愕，心想好一個富家子！

年輕人很有風度地站起來，向宇進伸出手來：「謝謝你！請問我該怎樣稱呼你？」

宇進也站了起來，與他相握：「宇進。」

年輕人「啊」了一聲：「原來是哈佛地理系宇進博士！」

宇進有點意外：「你認識我？」

年輕人笑：「我也是哈佛的，教授們都有提起過你的冒險史。只是你終年在世界各地奔跑，所以沒見過面而已。」

「原來你也是哈佛的……？讀植物系的中國人……」宇進腦中靈光一閃，道：「我知道你是誰

了！ 你是在衆多博士生中， 被譽為最年輕、最出色的中國人徐文！」

徐文也笑了起來： 「看來我們彼此都是互相聞名， 直到今天才有機會見面。」

宇進一臉敬佩： 「我讀過你的論文『植物與人類的交流』， 真是十分精彩。」

二人對望， 相視而笑。

* * *

之後二人便成了好友， 彼此分享自己的學識。兩年前宇進經濟陷入低潮時， 也虧得徐文幫助， 他才不致於淪落到要去搶銀行。

另一件他想不通的事就是那金髮漢子究竟是受了什麼人的僱用而要殺他呢？

難道是班·萊特？

自己上次破壞了他利用空中花園的好事， 説不定真的是他派人來報仇。

想到這裡， 宇進心中一陣絞痛。

他永遠忘不了前女友維珍妮亞被班暗算而掉下深淵時的情景。

每當那一幕在腦中浮現時， 他的心便像被硬生生地撕成碎片般痛楚， 令他傷心無比， 痛不欲生。

深呼吸一會兒後， 他激動的情緒才稍微平復下來。

在一旁的卡達道： 「宇進先生， 你不舒服嗎？」

宇進閉上眼，搖了搖頭：「我没事。」頓了一頓後道：「我們要飛多久？」

卡達道：「約五個半小時。」

宇進點了點頭。

他腦中千頭萬緒，總整理不出一個頭緒來，只好強迫自己不去想，閉上眼休息。

剛果熱帶雨林是僅次於亞馬遜的世界第二大天然雨林，面積達378萬平方千米，佔全球熱帶雨林總面積的百份之二十。剛果盆地中覆蓋着全非洲七成以上的植物帶，有着超過600種樹木種類和超過10000種動物種類，自古以來便是動植物學家不斷深入探險發現的蠻荒之地。

而由於它並非文明所能普及之地，所以仍然有着為數不少的原始部落。這些部落個個都有着自己的天地和法則，非是一般城市人所能夠明白的。

難不成徐文被那些部落的人給抓了？

「我們快到了！」卡達的聲音響起。

宇進睜開眼睛，看到小型飛機已飛臨一片翠綠的叢林之上，在這個角度看去，地平線的彼方都是樹木，有種無窮無盡的錯覺。

十分鐘後，小型飛機降落在基桑加尼的一個私人小型機場上。

宇進自己一個人下了機。

卡達在機上叫道：「宇進先生！保重了！」

宇進回頭給他一個「没問題」的手勢，卡達便把機門給關上，小型飛機緩緩回頭，不一會便飛離了跑道。

宇進苦笑一下。

卡達之所以會這樣合作，原因是自己背後有克旺將軍在撐腰。

聽那姆説，1997年剛果的解放戰爭中，克旺將軍雖然身在埃及，但暗中也出了不少力，在非洲有一定的影響力。

他走出了機場，便有一位皮膚黑得發亮的高大黑人迎上來：「宇進博士？我是比利得·德薩，是考察團的成員之一。我們都在等着你。」

第三章 • 闖林

車子在十數公里外一堆以木搭成的臨時房屋前停下，這時才下午三時許，烈日晒在臉上，令人昏沉。臨時房屋位於一處草原之上，北方遠處便是剛果森林。

宇進下了車，向森林極目遠眺，神情有股難言的凝重。

「宇進博士，這邊！」

比利得領着宇進進入了最大的一幢，那是考察團一眾人等開會的地方，大概有一個羽毛球場般大。在建策物外圍有着發電機，以供應電力。宇進也留意到其中一幢建築物有着比其他建築物更多的玻璃窗子，大概是用來研究植物的地方。

進入了建策物，有五個人在會議桌旁坐着。他們一見到宇進，紛紛站了起來。

比利得替宇進介紹了眾人，都是來自世界各地的植物學專家。一陣寒暄後，宇進坐在一張空椅子上：「你們有報警嗎？」

考察團中一名叫查理的美國教授憤然道：「當然有！那班没用的警察一聽到目的地是剛果森林，便立即支吾了事，説人進入了剛果森林中心的話，那

已經和死了差不多，還勸我們放棄去尋找威廉。」威廉就是徐文的英文名字。

宇進聽了，心中涼了半截。

他原本還想着有警方相助，尋找徐文一事或可多增幾分成功率，但現在嘛……

他皺着眉：「只是為了幾個原始部落，該不會成為他們這麼怕事的原因吧。」

眾人不語，目光都投向房中唯一的黑人比利得。

比利得嘆了一口氣：「剛果是個發展中的國家，有些地方雖然已經很現代化，但無可避免地有着許多古老的傳說流傳下來。而流傳下來的古老傳說中，有關森林的佔了大多數，無形中形成了一股不可抗拒的力量，令人們不敢踏足其中，否則會發生不可思議的災難。」

他喝了一口礦泉水，續道：「以我為例，我雖然在外國留學多年，認識了外面的科學世界，但對這些先輩流傳下來的傳說仍然有着極深的印象，像已成了我生活的一部份。所以其實也很難怪那班警察的。」

宇進閉上眼睛，好一會才再張開道：「誰可以告訴我詳細的情形？」

另一名考察團團員，菲律賓人祖斯道：「那天早上十時許，我和威廉一起走到距這裡約一公里的地方去採集標本，威廉說他想走遠一點，於是我們便分開了。

約十五分鐘後，我便以對講機呼叫威廉，說是時候回去了，可是他一點回應都沒有。我們都認識威廉，知道他有時會太專注於工作而忽略了其他事，所

以我停了一停，　等了十分鐘再呼叫他，　但一樣沒回應，　我一直不停地呼叫，　還通知了其他人。我們找了很久，　找了很多地方，　但都一無所獲。」

說到這裡，　祖斯露出十分懊悔的神色：　「如果我那時沒有等那該死的十分鐘，　而是立即去找他，他可能就不會失踪了。」

宇進語氣凝重：　「那時他身上帶着什麼裝備？」

祖斯臉上有着一種絕望的悲哀：　「什麼也沒有，充其量也只有幾個用來收藏標本的瓶子和一部對講機……這下子恐怕已沒電了。」

宇進沉吟了一會：　「你們在哪裡採集標本？」

祖斯等人帶了宇進去當天他和徐文採集標本的地方，　那裡距離森林才二十許公里。宇進仔仔細細地查探了一番，　可惜毫無發現。

「不能再等了，　我要立即進入森林去找他！」宇進石破天驚地道。

所有人均怔然，祖斯叫道：　「這森林有378萬平方千米大，　你要怎樣找？」

宇進道：　「從他身上的裝備來看，　他最多只能隻身走上兩天。小文從小嬌生慣養，　他不可能獨自捱得過艱苦的森林旅程，　他的失踪很有可能是第三者造成的。」說罷他跪了下來，　從背包中掏出一部筆記型電腦，　並亮出了剛果森林的衛星圖。

祖斯問：　「這是……？」

宇進一邊操作着電腦，　一邊回答道：　「我直覺這件事和森林中的原始部落有關係，」他指着圖上的

幾個紅點道：「這幾個紅點代表了森林中的幾個原始部落，我找算先到他們處打探一下。」

比利得最清楚那些原始部落的習慣，聞言大嚇一跳：「你腦袋有問題嗎？那些食人族對外人的法則就是殺無赦！你這不是去送死麼？」

宇進握緊了拳頭，聲音堅決：「小文是我最好的朋友，我不能眼白白地看着他出事而袖手旁觀！就算是多困難我也要去！」

祖斯知道勸不了他，道：「那麼你帶着我們對這森林的一些研究資料上路吧，那對你應該很有幫助。」宇進點了點頭。

比利得指着只好道：「這樣就讓我用吉普車送你到森林的邊緣去吧。」

一小時後，宇進帶着一身森林探險用品和一些由卡達和比利得提供的武器踏入森林去。

他不是沒有在森林中探險過，但深入到如此的蠻荒之地，倒是破題兒的第一次。

宇進臨走前托祖斯通知了那姆，靠着自己身上的衛星定位系統(GPS)，那姆應該可以探測到自己的所在地。

從出發點到最靠近的部落大概有八十公里，預計可以在兩天後到達。

在森林的邊緣去看，樹木更是高聳，使它像是一隻大到不可思議的怪物，仿佛要把任何擅自闖入的人給無情地吞噬掉。

不時可看到各種各樣的動物在旁邊的草叢中，或捲縮，或跳躍，盡顯出非洲草原充滿活力的一面。

草原熱風吹來，把參天巨木上的樹葉吹得沙沙作響，加上落葉獨有的聲音，組成大自然的交響樂。

站在這裡，宇進才真的感到人類的渺小。

人類不也是從自然中衍生出來的嗎？為什麼現上竟走上了破壞自然的路呢？

宇進用力地摔了一下頭，深深地吸一口氣後，大步地走了進去。

第四章·突擊

「你究竟是奉了誰的命令來殺人的?」

一名身材極壯, 滿身肌肉的黑人巨漢手揪着那刺殺宇進不成的金髮漢子在問話。

在宇進離開了金夏沙的三小時後, 那金髮漢子被帶到剛果國家安全總局的審問室內, 一口氣盤問了近八小時。但那金髮漢子甚為口硬, 到現在仍沒吐出半個字。

「蓬!」巨漢那像柚子般大的拳頭重重地擊在金髮漢子的小腹上, 那金髮漢子痛哼着像蝦公般捲縮, 連黃膽水都吐了出來。他雙手被反鎊在身後, 想要站起來也困難。

「咔嚓!」審問室的門給打開了, 另一名警察步入來。

「夠了。有人來了, 要把他給帶走。」

巨漢吐了一口痰, 再重重地踹了那金髮漢子一腳, 這才與那警察走出審問室去。

不一會那金髮漢子便被兩名西裝筆挺的白種人給押了上一輛黑色大轎車。

車內早已有人在等候, 那金髮漢子一見他便喜道: 「是你--」

那人立即作了個禁聲的手勢， 金髮漢子知機地住口。

車子開出。

等到車子離開了市區後， 那人才沉聲道： 「老闆對於你的失敗感到很憤怒。」

金髮漢子依然是那副被反銬的樣子： 「我們太小看那傢伙了， 誰想得到他可以用我舉槍的空檔來閃開？ 難怪連聯合國的巴特也要栽在他手上。」

那人的臉容古井不波： 「你有說什麼嗎?」

金髮漢子傲然道： 「當然沒有！ 我最守得住秘密了!」話音剛落， 一枝黑黝黝的槍管已抵在他的眉心。

「這⋯⋯!」

「老闆相信能守得住秘密的,」那人仍是毫無表情： 「只有死人。」

「砰!」

宇進關掉了電腦， 在帳幕中躺了下來。

他一直朝一個方向走到天黑， 才覓地搭帳， 又在帳外搭起了用樹枝砌成的圍欄， 以防有什麼大型動物闖進來。

他剛才用電腦接上了衛星通訊網絡， 瀏覽了一下時事， 可惜沒什麼有用資料。

他檢查了一下武器彈藥， 武器就只有一把軍刀， 三枚煙霧彈和一柄手槍而已。

那柄手槍是最為人所知的柯特公司製Colt M1911A1。凡是對軍火史有認識的人都知道， 這種手槍是全世界服役年代最長的， 這記錄至今未破。它

經歷過了第二次世界大戰、韓戰和越戰等多次大戰役，自20年代起便是美軍的常規佩槍，除役只是近年的事。

宇進苦笑了起來。

在處處兇險的剛果森林裡闖蕩，至少也要有一挺自動步槍如M16步槍這樣子的才像樣吧？現在他只有一柄過時的舊款手槍……下場會是如何，他甚至拒絕去想像。

幸好彈藥倒頗為充足，才令他放心了一些。

現在已是騎上了虎背，他只有前進一條路了。

早上的陽光剛照到林中時，宇進已起行上路。

越走得深入，雜草就生長得越茂盛，穿越就越困難。

濃密的參天古樹和糾結交織的植物向四面八方無盡地延伸開去，造成了一個與文明隔離的神秘天地。身在其中，令宇進產生了全世界只剩他一人的錯覺。

他現在走的地帶看似茂密，但嚴格來說仍屬於森林的邊緣，所以地面仍算乾爽。但只要再深入個百餘公里，情況便會完全不同了。森林的地面越近中心越是濕潤，到了近心臟地帶必定是佈滿了沼澤和藤蔓，處處是死亡陷阱。

宇進想着想着，耳中忽然聽到一陣奇怪的聲音。

他細心傾聽，立即分辨出那是軍用直昇機的引擎聲，而且正筆直地向着自己的所在地飛來。

奇怪，難道剛果警方改變了初衷，派人來幫助自己嗎？

他把望遠鏡掏了出來，視線在樹葉間的隙縫中看去，見到直昇機迅速地飛臨自己上方，直昇機螺旋槳所扯起的風和巨大的引擎聲驚動了森林內的住客，鳥獸們紛紛爭先恐後地避難。

直昇機盤旋在宇進的上方，兩邊的艙門打開了來，各放下了三條長長的繩索。

宇進看到這裡，心中感到不妥。

看他們的行動方式，分明就是經過嚴格訓練的陸軍突擊戰隊。就是剛果警方真的派人來幫助自己，怎樣也不用出動到陸軍的。

一念及此，宇進心知要糟，立即拔足飛奔。

直昇機兩邊的繩索各滑下了三名全副裝備的軍士，他們手執強勁的大火力手提機槍，甫一到地便向宇進開火。

「啪啪啪啪」子彈橫飛，把花草樹木射得破損飛濺，宇進狼狽地穿梭於草叢之間，全力向樹木更濃密處尋求遮掩。

六名軍士的火力網十分強大，只因所在處多有樹木，宇進才得已借以潛遁；若是在平原上，他可能已經成為一條寸膚不整的死屍。

縱是如此，他的情況也殊不樂觀，很快便被迫到一株巨木之後，進退不得。

「媽的！」

宇進一邊咒罵着一邊掏出槍來，以巨木作為掩護向敵人開火，同時也掏出一枚煙霧彈，向後擲出。

「蓬！」煙霧彈爆出一片覆蓋幾十公尺的黑霧，敵我雙方同時陷入伸手不見五指的黑暗當中。

敵人嗆咳聲大作，叫聲四起，宇進這一着顯然大出他們意料之外，他趁機改變方向，不向第一個原始部落所在的東北方跑，轉而向西北方，也就是森林中心的盆地直接跑去。

絕不能在這裡倒下。

他拼盡了體能亡命地跑。煙霧彈只能阻擋他們幾分鐘，所以他一定要在他們視野回復之前逃出他們視線之外，否則他一定會被他們碎屍萬段。

當黑霧散去後，宇進已失去了踪迹。

宇進喘着氣停下了腳步。

他馬不停蹄地連續急跑了近一個小時，背上的行囊又有整整二十公斤重，加上路上草木雜亂，真是鐵打的人也吃不消。

宇進跑到了一處長滿高及胸口的大草叢中，回頭看看，肯定沒有追兵後，解下背囊，面向着一處斜坡坐了下來。

他改變方向是為了迷惑對手，相信追兵最少要數小時才發現他改了方向。

他取出了水壺，大口大口地喝着水。

到底是什麼人要殺他呢？

看敵人的裝備和行動方式，似是一流的僱傭兵。

難道真的是班派來的？

他想得正入神時，遠處傳來呼喝聲：「不要動！」

第五章•老人

　　宇進還來不及反應，身邊已出現了剛才那幾名軍士，每人都以手提機槍指着他。

　　「站起來！把雙手舉起！」

　　宇進只好照做，心中卻非常疑惑。

　　照理說他們應該不會如此迅速地找到自己，到底是哪裡出了問題？

　　其中一名軍士向對講機道：「已如計劃逮獲到目標。」

　　宇進一聽，心中大是奇怪。

　　什麼計劃？

　　難道真是班的命令，派人來擒獲自己？

　　「把槍拋過來！別要反抗！」一名軍士喝道。

　　把槍拋掉豈不是束手就擒？徐文還在危險當中生死未卜！

　　宇進一笑：「放心吧，你看我像個蠢人嗎？」

　　軍士們見他在這種境地仍然這樣從容不迫，都是愕然。

　　宇進趁機迅速無比地反身一腳踹在地上的大背囊上，同時全身向後側墜，大背囊與他立即滾下身後的斜坡去。

那些軍士終是受過嚴格軍事訓練的人，只愕然了非常短的時間，便立刻向宇進開火，但由於他向下滾的速度實在太快，子彈始終打他不着。子彈橫飛着打在他身旁的泥土上，情況驚險萬分。

宇進忍着渾身疼痛，方向感完全失去，想停下來也辦不到。終於，他滾到斜坡的盡頭，忽然覺得身下一輕。

在他剛知道不妙時，人已跌進了一道百丈深淵，筆直地向下墜去。

宇進撫着胸尖叫着醒來。

他作了一個夢，一個惡夢。

他夢見自己被人亂槍打死，而且死狀還十分恐师。

這刻回到現實中來，他才鬆了一口氣。

胸口傳來一陣劇痛，他這才發現他精赤着上身，胸口被綁上了厚厚的紗布。除此之外，身體其他地方也是被包扎過。

發生了什麼事？

莫非是被人救了？

他只記得他一直下墜，直到掉進深淵下的急流之中，便人事不省了，身上的傷大概是在水中被石頭的銳角所傷的吧。

宇進環目四顧，發覺自己躺在一間矮小的尖頂小屋之內。小屋以乾草樹技等搭建而成，四處掛滿了各種動物的毛皮肢體和花草果實。他的衣服和大背囊在一個角落，連手槍也在。

屋內點着幾盞油燈，整個室內閃着昏黃的火光，氣氛奇特。

這時他聞到一股燒烤的香味從屋外傳來。

難道是救了他的人？

宇進忍着痛站了起來，披上衣服走出小屋去。

一輪明月高掛半空，只見一位只在腰部纏着獸皮，皮膚棕黑的長髮男人正背向着他坐在地上烤着一條不知什麼動物的腿。

那人不時向那條腿撒上一些粉末，令它的香味更為突出。

宇進走到他的旁邊，他頭也不回地以法語道：「快烤好了，坐下吧。」

宇進走到他面前坐下。

二人打個照面，宇進被他的臉容嚇了一跳。

那人面上有着三條長長的舊傷疤，自額上一直拖到下巴；右眼的瞳孔呈灰色，顯然失明多時。臉上有着許多皺紋，看上去最少已有七八十歲了。

這時他的左眼正目光炯炯地打量着宇進，像是要連靈魂也看穿一樣。

他把烤熟的食物向宇進一遞。宇進為人豪爽，而且聞得香味四溢，當下也不推搪，不客氣地接來吃了。

那老人又為他遞上了一個土製的瓶子，宇進湊過鼻子一嗅，味道芬芳甘香，不知道是什麼飲料，喝下去渾身清涼，仿佛連傷口的痛楚也消除得乾乾淨淨。

他一口氣把那熟腿啃得只剩骨頭後，才以法語問道：「是你救了我？」

老人點了點頭。

宇進又問：「這裡是什麼地方？」

老人沒有答他，回小屋去拿了一張發黃了的羊皮紙出來，並指着一個地方。

紙上所繪的是剛果河的流域，依他所指，宇進推斷現下應該是身處於基桑加尼西北約二百五十公里的叢林內，換言之此處距他下墜處約有二百公里。

距森林心臟地帶又近了一步。

老人看着火堆，緩緩地說道：「年輕人，這森林不是你應該來的地方，回去吧！」

宇進深深吸了一口氣：「我是來找人的。我的朋友在森林中不見了。」

老人拿過瓶子喝了一口：「森林之神是不會害人的，如果你朋友是個受人尊敬的好人，那麼森林之神一定會眷顧着他，不會讓他有生命危險；但如果你朋友是個十惡不赦的壞人，那麼森林之神一定會把他給吞噬掉，屍骨無存。」

宇進搖頭苦笑。

又是這種傳說。

他也沒說話，默默地喝光瓶中的飲料，站了起來。

老人姿勢不變：「你不信？」

宇進嘆了一口氣：「這是你們的傳說嗎？」

老人抬頭與他對望半晌，才一字一頓地道：「這不是傳說，是經驗。」

宇進一呆。

「經驗?」

老人低下了頭沒有說話。

宇進心中好笑，語帶諷刺：「難道你見過森林之神嗎?」

老人眨眨眼，才石破天驚地道：「是的，我見過。」

宇進聞言一怔，坐回原位。

「你見過?」

老人點頭道：「那是七十五年前的事了……那時我才十歲。」

宇進算了一算，七十五年前，那是一九三九年。

「我們是亞塔族人，是森林眾多民族中的一族，也就是森林之神委派，真正的森林看守人。本來我們一家三口在森林中生活得很愉快，誰知有一天，一大堆外界的人來毀了我們的村莊，把我母親給殺了，還把我和父親給擄走，用我來威脅父親為他們服務。」老人說來輕描淡寫，不知是否因為年紀大了，萬事皆看透了?

宇進不解：「為他們服務? 做什麼?」

老人深深吸了一口氣：「他們要我父親帶他們去尋找森林之神!」

宇進身軀一挺。

「森林之神?」

老人抬頭望天：「我們亞塔族受到森林之神的庇蔭，當族人有任何病痛時，可以吃下森林之神賜給族人的種子，治好一切。森林眾多民族中只有我們亞塔族有此權利。」

宇進只聽到頭腦發熱，不斷搖頭。

太令人難以置信了。

這世界上真的有能治好任何病痛的東西嗎？

老人續道：「我父親為了我，迫於無奈下只好把他們帶到了森林之神的所在地……」

宇進的好奇心被他的話引發到不可制止的程度，打斷道：「森林之神的住處是人類可到達的地方嗎？他是什麼模樣的？」

老人閉上眼睛，面上現出一種絕對的虔誠：「他無處不在，森林中的所有一舉一動，他都知道。」

宇進有點不好意思：「抱歉……我太好奇了。你說你父親把他們帶到了森林之神的所在地，之後怎樣了？他們把你們放了嗎？」

老人緩緩地搖頭：「沒有，他們把我們利用完後，就把我父親給殺了。」

宇進已不如先前般絲毫不信，沉聲道：「他們是什麼人？」

老人道：「當時我並不知道他們是什麼人，現在當然知道了。我記得他們所有人的臂上都有着這個紋章。」他說罷撿起了一根枯枝，在沙地上畫了一個符號。

宇進看罷，眉頭皺了起來。

那是一個「卐」模樣的符號。

「是納粹黨……？」

第六章•神蹟

老人緩緩地點了點頭。

納粹黨，　　正式名稱是「國家社會主義德意志勞工黨」，　即National　Socialist　German　Workers'　Party。「納粹」(Nazi)　字來自德文「Nationalsozialist」的簡寫，　即國家社會主義。

而「卐」這標志，是德文「國家主義」和「社會主義」兩個字的首一字母S交叉所組成的。

老人又在地上畫了個有兩條閃電般的標志：　「這是在他們衣領上的。」

宇進忍不住低呼了一聲。

那是是納粹黨中的精英份子「黨衛隊」(Schutzstaffel)的標志，也是由兩個S所組成的。他們原本是為了在公共場合保護政要而創立的，但後來卻演化成了一個專司情報收集、刺殺反對黨、滅絕弱小種族，遺臭萬年的恐怖組織。

1939年正是黨衛隊如日中天的黄金時期。那時黨衛隊是由納粹黨中的一名重要頭目海因里希•魯伊特伯德•希姆萊所率領，而在他的帶領下，黨衛隊也從一個只有數百人的保護組織，擴展成為一個有着近十萬人的獨立作戰組織。

而希姆萊本人，則對歐洲六百萬猶太人、同性戀者、共產黨和五十萬羅姆人的大屠殺及許多戰鬥罪行負有主要責任，被後人稱為「有史以來最大的劊子手」。

希姆萊自己本身也是神秘力量信奉者，看樣子他是為了亞塔族對森林之神的傳說而派人去奪取那「森林之神」了。

「森林之神在森林的中心，四面都被神靈樹木重重的包圍着。自古以來，便只有亞塔族人才可以安全地到達。他們原本有着約五十人，到達時已剩不到十人了。

「我父親自小便常出入神靈樹林，所以常常見到森林之神，我卻是第一次。它的美麗，不是世界上任何一種植物可比的……」老人的面上的那股神情，就像是基督徒見到耶穌本人一樣。

現在連宇進自己也很想到那地方去看看那「森林之神」了。

「他們槍殺了我父親後，想要去採摘森林之神的種子，森林之神便展現了它的神力，把他們都消滅了。」老人說到這裡，臉上大有恐懼之色。

宇進一怔：「把他們都消滅了？」心想難道植物還會站起來打人不成？

「嗯。它發出了一片亮光，令人睜目如盲。亮光過後，所有人都不見了，連一片布也沒留下。」

宇進不自覺地有點口吃：「你是說……它發出的光把人給……蒸發掉了？」

老人搖頭：「不是蒸發，是吞噬。森林之神會把任何對它有惡意的人給吞噬到它的神秘國度裡去。」

宇進聽得目瞪口呆，搔了搔頭：「那你呢?」說罷不禁罵自己笨，他都活到現在了，當然沒事!

老人深深吸了一口氣：「當我睜開眼時，發覺除了我和父親的屍體外，所有人都失踪了。我害怕得掉頭跑，一直拼命地跑，直到走出了神靈樹林為止。自此之後，我再沒有回去過，甚至離開了村子。」

宇進好奇心又來：「你離開村子做什麼?」

老人到現在才展現第一絲笑容：「那時我才發現到外面有着更廣闊的天地，我走遍了整個非洲，最後才回到這森林定居。」

宇進也笑：「這就是你學到法文的原因吧。」頓了一頓，他有點疑惑地道：「這應該是極端秘密的事，為何要告訴我呢?」

老人露出一副長者的溫和笑容：「我走遍整個非洲，閱人千萬，第一眼看到你時，便清楚你是那種天生富正義感的人，所以不怕告訴你。」

宇進聽罷腦中忽然一閃。

這老人走遍了整個非洲，他一定對外界的學術人文有了認識。在具有現代知識的情況下，他仍然對森林之神的一切如此深信不疑，看來這傳說也有一定的真實性。

老人像看穿他心思般笑了笑，伸出了手：「加魯法。」宇進也笑着與他相握：「宇進。」

加魯法有點錯愕：「宇進? 就是兩年前在埃及大破地下組織的那個宇進嗎?」

這頗為出乎宇進的意料：「你認識我?」

加魯法道：「這件事在埃及無人不知，而兩年前我剛好在埃及，回來定居是大半年前的事。」頓了

一頓，道：「像你這種級數的硬手，為什麼會落到這種境況？」

宇進苦笑一下，把這幾天發生的事情鉅細無遺地說了一遍。

加魯法聽罷，走過來拍了拍他的肩膀，便回到小屋去了。

次晨天還沒亮，宇進便整裝待發。

「你的傷還需要一段時間休養，否則你在找到你朋友之前，自己就先倒下了。」加魯法的聲音在背後響起。

宇進把背囊背上，回頭道：「每擱一天，我的朋友便危險多一天！他是個手無縛雞之力的書生，一點保護自己的能力都沒有！」

加魯法嘆道：「我說過了，森林之神不會害人。如果你朋友是個好人，森林之神一定會眷顧着他的！為什麼你就是不相信？」

宇進轉過身去：「就算是這樣，我也要親眼去確認。」

加魯法還想說話，忽然渾身一震，疾跑出了小屋外。

他看了看天空，疾聲道：「他們來了！」

宇進這時才聽到遠方有着那種「噠噠」的直昇機引擎聲，全身一震道：「他們怎樣找到來的？」

他不想連累加魯法，疾聲道：「多謝你救了我，我走了！」說罷不等他回答，頭也不回地跑走了。

宇進在森林中左穿右插，盡量選擇樹木茂密的地方來鑽，希望敵人花多些時間來追，讓加魯法能置身事外。

引擎聲越來越靠近了。

宇進把槍拔了出來。

這次得硬碰硬了。

連續被自己逃掉了三次，這次對方勢必一來便以雷霆萬鈞之勢來對付自己，不會再大意了。

與第二次一樣，直昇機飛臨他的上空，不同的是今次只放下了三人，之後直昇機越過宇進的頭頂，向他的前方飛去。

宇進心中大叫糟糕。

對方只放下三人在這邊後向前飛去，很明顯是要組織包圍網。如果自己手上有一挺M16，他最少也有信心可全身而退，但如今手上只有一柄舊款手槍……只有聽天由命了。

「啪啪！」前後兩方忽然傳來輕微爆炸聲，接着兩團白霧急速湧至。

宇進心中大凜。

對方竟然出動到催淚彈！可見對方已經對自己的實力有了個譜。

宇進知道絕不可以陷入催淚氣之中，否則一定是落得被生擒的下場，於是立即拔足飛奔。

究竟對方是什麼人？看前兩次的突襲，宇進覺得不是班•萊特主使的。

班•萊特做事喜歡有計劃，絕不魯莽行事，而且他十分了解宇進的實力，照理說不應該派那金髮漢子這種普通打手來刺殺他。

更何況如果班真的是清楚宇進所在地的話，就不應該出動到軍用直昇機這樣的大陣仗來打草驚蛇，由此可見對方該隸屬於其他僱傭兵團。

雖然是這樣說，但光是這幾人敵人已夠他頭痛了。

宇進正急速奔跑間，四面八方同時爆出白霧，猝不及防下，宇進陷入了四面楚歌之境。

第七章•目的

眨眼功夫宇進已被白霧包圍。

雖然宇進已趕緊閉上了呼吸， 但無可奈何地他已吸入了少許催淚氣體， 雙眼一陣刺痛， 淚水不受控地湧出來；喉嚨也不堪刺激而嗆咳。

四周傳來急促的腳步聲。

宇進知道這乃生死一線的時刻， 再不行動便只能束手就擒， 於是苦苦抵抗着頭昏腦脹的難受感覺， 滾倒地上， 舉槍向腳步聲來源射去。

本來以他的本事， 不需用目視， 光憑腳步聲也能命中目標， 但現在他的腦中天旋地轉， 大失準繩， 所以他開了十數槍仍未能殺死任何一人。

腳步聲又更近了。

這時宇進肩上一陣刺痛， 然後一陣強勁的電流從那處傳往全身， 頓時渾身痙攣起來， 萎頓在地， 半個指頭都動不了。

這是專門用以生擒目標的電流彈， 可以用強勁的電流令目標全身上下失去活動能力。

這跟一般的催傭兵做法不同。

一陣微風吹來， 白霧漸漸被吹散。

　　七八個全副軍裝、戴着防毒面具和紅外線鏡的兵士圍着軟躺在地上的宇進，仿似抓到珍貴獵物般居高臨下地看着他，其中一個還取出了手銬。

　　宇進心中叫完了。

　　就在這一刻，一聲「吱」般聲音破空而來，一支箭簇上綁了個不知什麼東西的箭從遠處閃電般飛至，擊中了其中一名兵士的頭盔。

　　利箭雖無法破入，但綁在上面的東西卻破開了，爆出一些金黃色的液體，芳香撲鼻而來。

　　眾兵士轉頭尋找偷襲者時，又有兩支同樣的箭射至，各自命中了另外兩人，二人同樣地沾上了那種金黃色的液體。

　　「這是什麼？」

　　「好像是蜜糖和花粉！」

　　當兵士們驚愕的同時，他們聽到了一種像是蒼蠅飛行的「吱吱」聲，心中頓時涼了半截。

　　只見離他們數十公尺遠的叢林中，有一團黑霧正在飄過來，眾兵士定睛一看，不禁大叫救命。

　　那是數目多到數不清的黃蜂群！

　　兵士們大叫着四散逃跑，黃蜂群卻在片刻間已追上了他們。

　　宇進看得全身毛髮倒豎起來。

　　牠們都比一般黃蜂大，每隻足有兩寸長；一雙複眼大而碧綠，腹部橙黃相間；節足毛茸茸的，尾後針卻一如繡花針般光滑，樣子恐怖絕倫。

　　宇進全身動彈不得，心中叫我命休矣！

　　但黃蜂群纏上了眾兵士，眾兵士慌亂了起來，對着漫天黃蜂開槍。這麼一來不啻是火上加油，黃蜂

群更是瘋狂，拼了命般爬在他們身上又噬又咬，沒有一個兵士不是全身上下都被黃蜂沾上的。

目睹如此恐怖的情景，卻奇怪地沒有半隻黃蜂落到宇進身上，宇進心中奇怪時，身旁已多了一個人。

那並不是誰，正是加魯法！

加魯法一反他昨晚光着半身的模樣，這時的他一身獸皮，背上掛着一張大弓，腰間掛着一個箭筒。雖然他已年屆八十，但依然壯健如牛，他二話不說，背起了宇進往來路跑。

加魯法把宇進帶到了一個山洞中，生了火休息。

宇進的體質比常人好上很多，休息了一會，已能如常走動。

他恢復體力後的第一件事，便是把背囊中的物事全部翻出來。

加魯法看着他奇怪的舉動，卻沒有出言相詢。

宇進翻箱倒櫃地把東西都倒了出來，仔細地尋找了一遍，雖不知道他在找什麼，但看他皺着眉的表情便知一無所獲。

這時加魯法開口了：「你在找什麼？」

宇進倚在洞壁上，嘆了一口氣：「追踪器。」

加魯法雖然非是一般的土著，有着現代知識，但顯然未到像追踪器那種尖端科技的程度，他聞言側起了頭。

宇進以最簡單的字詞向他解釋了一遍，之後頹然道：「這是唯一可解釋到為什麼敵人可以如此精確地找到我的所在。但現在我卻找不到任何追踪器，到底對方是怎樣找到我的呢？」

加魯法忽然道：「你昨晚不是說過你朋友可以用那什麼……什麼衛星系統知道你的位置嗎?」

宇進聽罷有如五雷轟頂，全身麻木。

這正是旁觀者清。

宇進當然不會不知道那姆可以靠自己身上的衛星定位系統(GPS)來探測到自己的所在地，只是一時之間想不到而已。

那姆當然不會背叛他，那自然就是有人把衛星定位系統的事告知敵人了。這事除了考察團的人外該無人知曉，所以一定是有內奸，只要破入系統程式中，自己的所在便無所遁形。

宇進向加魯法點了點頭，便把扣在皮帶上的一個拇指大小的金屬物事給拆了出來，它的頂端在閃着紅光。

宇進把它給握在手中，若有所思。

過了半响宇進才開口：「這裡距离河流有多遠?」

加魯法明白他的意思，笑道：「這裡向南不過十公里，以流速來看，一天便可到金夏沙了。」

宇進知道他已明白了自己的計劃，也是一笑：「那我們便把握時間，去砍他娘的一批樹木來!」他因為解開了心中一直百思不解的問題而心情大好，忍不住說了句粗話來。

直昇機的聲音傳入二人耳中。

宇進向加魯法做個手勢，加魯法手起刀落，把連結着木筏和岸上一棵樹的繩索砍斷，那裝有衛星定位系統的木筏隨着水流向河流下游飄去。

在岸上的宇進和加魯法藏身於叢林中一動不動，眼看着直昇機越過他們頭頂向木筏追去。木筏上有着以草紮成的假人，卻穿着宇進的衣服，遠看幾乎可以亂真。

宇進二人再看一會後，便向相反方向遠遁。

晚上二人覓地搭帳，坐在火堆旁啃乾糧。

宇進忽然道：「我知道對方是什麼人。」

加魯法眉毛一揚：「哦？」

宇進道：「他們是珈瑪國際醫藥企業的人。」

加魯法側了側頭：「珈瑪國際醫藥企業？」

宇進點點頭：「今天我看到直昇機上有它的標誌。」頓了一頓，續道：「珈瑪國際醫藥企業是一間德國的醫藥企業，雖然創辦至今不過三十多年，但卻是全球數一數二的一流醫藥企業，有着最先進的醫療設施和一流的醫護人員。」

加魯法點頭表示明白，旋即皺眉：「為什麼這樣的一間超級大企業要派人捉拿你呢？」

宇進攤了攤手。

「依我看……事情和小文有關係。」

他為何要進入森林，加魯法是知道的。加魯法問：「有什麼根據？」

宇進整理了下雜亂無章的思緒後道：「能夠把衛星定位系統的事告知敵人，只有考察團的人才辦得到，因為只有他們知道我有衛星定位系統。而這樣做的目的明顯就是不讓我找到小文，所以我猜想事情和小文有關。」

加魯法也非蠢人：「也就是說你朋友可能在他們手上……？」

宇進皺眉：「不一定⋯⋯也有可能是要利用他去做一些事，在監視着他也說不定⋯⋯」

「到底他們要小文做什麼⋯⋯他不過是個植物學家罷了⋯⋯」宇進喃喃自語。

忽然二人都是一震，望向對方。

加魯法沉聲道：「你也想到了！」

宇進臉色凝重地點點頭。

剛果森林、植物學家、醫藥企業和僱傭兵團幾個名詞放在一起，答案便呼之欲出了。

對方的目的就是加魯法口中的「森林之神」！

如果能夠得到這能醫治任何傷殘病痛的神奇植物，珈瑪國際醫藥企業便可以成為全人類的救星，擁有神一般的地位。所以他們必須依靠徐文這優秀的植物學家來替他們把它給找出來。

本來這也是公平的金錢交易，宇進無意去干涉，但對方不知道的是，森林之神會把任何對它有惡意的人給吞噬掉！第一個受害者就是徐文！

如果沒有加魯法的故事，宇進或許不用太擔心徐文的性命，現在當然是另一回事了。

在加魯法的立場而言，他當然不能讓「森林之神的種子」落到別人手上；而對宇進來說，他也不能讓徐文給森林之神吞噬掉。

加魯法深深吸了一口氣：「明天我便帶你到亞塔族村落去。」

第八章•入村

「蠢材！　竟然會被一個假人給騙了！」

這是一間工廠的辦工室中，　有一個西裝筆挺的男人在對着一個僱傭兵拍案大罵，　赫然便是那天在車上槍殺了那金髮漢子的男人。

「漢斯先生，　對不起……」

那男人 -- 漢斯瞪大了一對藍色瞳孔的眼睛，厲聲道：「我不需要道歉！　我只要事情辦妥！」頓了一頓，　他又道：「你知道嗎？　老闆已經失去了耐性，他說如果你們再失敗的話……」接着他作了一個以刀刃頸的動作。

那僱傭兵臉色沉了下來，　好一會才道：「我承認我一直低估了他，但我不會再給他任何機會了！」

漢斯點燃了一支雪茄：「你打算怎樣做？」

那僱傭兵道：　「我會召集空戰和陸戰小隊來，以木筏開始移動的那地方為始點向相反方向搜索，相信不需要很久便可以找到他。」

漢斯點頭「唔」了一聲：「找到那書獃子了嗎？」

那僱傭兵搖了搖頭：「還未找到，　他就像是從空氣中蒸發了一樣，若非我們仍未發現他的屍體，我會判斷他已經死了。」

漢斯不斷地吞雲吐霧着：「究竟發生了什麼事？為什麼他會無端端地失踪呢？把原先的計劃都打亂了！」那僱傭兵攤了攤手。

「若非查理那傢伙告訴我那班植物人類找到了宇進，我們真還不知道原來那書獸子和他是認識的。」頓了一頓，漢斯續道：「無論如何，我們必須先找到那書獸子。」

加魯法對森林的認識當然遠遠超過宇進，憑着他的森林知識，二人在森林中左穿右插，迅速無比，一天便走了超過五十公里。

晚上紮營時，宇進問：「為什麼昨天的那堆黃蜂沒爬到我身上？」

加魯法笑笑：「森林中的生物繁多，有許多還帶有劇毒。一但中了那些毒，就算是一流的醫生也未必救治得了。我們世代在森林中長大，自然懂得種種防備之法。」說罷拿起了身旁的瓶子：「我們一直喝的，就是含有辟除蛇蟲鼠蟻的功效，黃蜂一聞到自然就避開了。」

宇進這才恍然大悟。

加魯法又道：「外界有外界的戰法，森林也有森林的戰法，熟悉森林的人，能利用森林的各種資源來保護自已。」

宇進點頭以示明白。

次日二人已經到了剛果盆地的邊緣，樹林分佈越來越茂密，地勢越來越潮濕，四處佈滿了沼澤和藤蔓，一個不小心可是性命不保。

　　宇進本來對森林中的原始部落頗不以為然，　但現在卻不禁改觀了起來。

　　這些原始部落不像外界的人般，　在接受了科技文明後走上了違反自然的路，而是融入了自然界中混為一體，　享受外界人所不能理解的生活。

　　在這種外界人聞之卻步的森林地帶，　在他們來說，　就像回到母親的懷抱一樣自然。

　　加魯法帶着宇進沿着一道小溪穿過了一片連陽光都射不進來的沼澤帶後，　眼前驟然開朗，　露出了另一片奇異的天地。

　　只見小溪兩旁布滿着藤蔓，　像一道牆壁般聳立着；　藤蔓中唯一可供進入之處便是一灘水深至腰的河水。

　　藤蔓上插着一支原始的木製長矛，　矛上吊着一幅獸皮，　上面以血畫上了許多符號。

　　「這是亞塔族的『禁止進入』標誌，　違令者殺無赦。」加魯法道，　之後領着宇進跳進河水中，　涉水而過。

　　在穿過了厚厚的一片藤蔓後，　二人離開了水中，忽然有一大堆和加魯法裝扮差不多的青壯土著從四方八面跳出來，　紛紛以長矛大弓指着他們。

　　加魯法一點也不慌張，　向宇進做了個「不用擔心」的手勢後，　便向其中一名青壯土著說話，　他說的是中非的土語，　宇進自然無法知道他在說什麼。

　　那青年一臉驚愕的神色，　好一會後才吆喝着把二人押走。

　　走出幾公里路後，　小溪兩旁開始變得平坦，　有着十幾間以木材搭成的尖頂小屋。

加魯法表情複雜，眼中神采閃爍，顯然心情激動。

游子經過了一輩子的風浪後，回到家鄉的滋味，不是人人有機會嚐到的。

加魯法走着走着，忽然眼光停在左邊一塊石頭處，之後竟不顧一切地向那石頭跑去，抱着石頭大哭了起來。

一眾青年大喝着跑過來又喊又罵，加魯法就是不動。

待他止哭了後，一把蒼老的聲音在身後響起：「我就知道，那一定是你，加魯法。」

加魯法站起轉身，看着面前這位年紀和他差不多的老者。

這時宇進才被人押到，聽到加魯法道：「是你做了長老啊？杜杜尼。」他說的是班圖語，宇進勉強可聽懂。

長老冷冷道：「背叛者的兒子，你已經不再是光榮的森林看守人亞塔族人！你還回來幹什麼？」說罷斜眼睨了宇進一眼，問道：「這是誰？」

加魯法道：「他的事遲一點再說。我回來是要告訴你，森林之神有危險了！」

長老有點愕然：「什麼意思？」

當加魯法說完整件事後，月亮已高掛半空。

長老和加魯法二人在族人的聚會室之中，那是最大間的屋子。

長老聽罷默然不語，只是定定的看着二人。

「你不相信？」加魯法問道。

　　長老本已細微的眼睞成一線：「要我憑空相信你的說話，那是妄想，更何況你是背叛者的兒子！」

　　加魯法也失去了忍耐力，叫道：「我父親不是背叛者！　他是為了我才作了那樣的決定！」

　　長老冷冷道：「我不管他是為了什麼！　我只知道他的確是做了違反族規的事！　　而且，」他盯着宇進：「我不能再一次讓這種來歷不明的外人進入村子！」

　　宇進眉毛一揚：「再一次？」

　　加魯法也是一怔。

　　長老默然站起，背着二人緩緩走向牆壁掛着的一塊金屬片，盯着它良久才開口道：「看在你是前任長老的孩子份上，我告訴你吧。」

　　宇進望向加魯法，恍然他父親原來曾經是村子長老。

　　長老深深地嘆了一口氣：「那是16年前的事。有一天，村外突然發生了一聲爆炸，我率領眾戰士外出察看，見到是一輛車子，已經被火包圍了。

　　「車上有着兩條燒焦了的屍體，而車外卻有一大一小兩個黃種人。大的約45歲，小的約13歲。我把他們帶回村子去救治。第二天，他們都不見了，我們再也找不到他們。」

　　加魯法一臉問號：「那有什麼大不了？」

　　長老轉過身來，以極嚴肅的聲音道：「從那天起，我們再也見不到森林之神了！」

　　加魯法張大了嘴巴，作不了聲。

　　宇進也是一臉驚訝：「再見不到森林之神了？」

　　長老點着頭，正容向宇進道：「所有的外來者我們都不歡迎，我們已為此而付出了莫大的代價。請你們儘快離去！」

　　宇進也報以一臉嚴肅：「不！」

　　長老雙目閃出怒意：「你不走我便叫人殺了你！」

　　宇進也站了起來，昂然道：「我的朋友還下落不明，我要到森林之神的所在看過究竟！」

　　長老大叫道：「我說過外人絕不能踏足那裡！」

　　宇進毫不退讓地與他對視着。

　　加魯法這時插上一句：「其實是可以的。」說罷他看着長老。

　　宇進雙眼睜大看着他，長老眼中卻閃着瘋狂的怒意，不斷地在喘着氣。

　　過了半響，長老才重重地踏着腳，向門口走去。到了門口，他停了下來，背向他們道：「你自己跟他說吧，就明天天亮時舉行。你們今晚可以睡在這裡。」說罷頭也不回地出了屋子。

　　宇進望向加魯法：「舉行什麼？」

　　加魯法緩緩道：「決鬥！」

第九章・決鬥

　　陽光照射在森林間，　在樹葉間形成一條條光柱，　情形神秘莫測。

　　在衆木屋間的巨大草地上，　有着數十個男女老幼土著圍成了一個大圓圈，有一老一少兩個男人在其中心站着，　正是長老和一個長相酷似他的年輕人。

　　宇進從聚會室中走了出來，　畢直地走到長老二人面前。

　　那酷肖長老的年輕人身材修長，雙手長而有力，表情像見了獵物的獅子一般。

　　長老沉聲道:「你都準備好了吧?」

　　宇進點點頭。

　　長老向乃兒望一眼,見他也點點頭,便向宇進道:「陌生人，　你有權去選擇一柄適合的刀。」

　　宇進望向加魯法，　他立即把自己的刀送到宇進手裡。

　　長老之子緩緩舉起手中的刀，　向宇進道:「夫迪。」

　　宇進心想那大概是他的名字，也舉起手中的刀:「宇進。」

人群高呼起來，長老舉臂高呼：「我以森林之神的名義宣佈,決鬥開始!」

宇進和夫迪各自後退五步，擺起架勢。

宇進的雙眼在一點不漏地觀察着對手的每一個動作，心中卻在想着昨天晚上加魯法的話。

* * *

「決鬥?」宇進愕然。

加魯法點頭：「亞塔族代代相傳的族規,只有最強的人才可以成為拿種子的使者--也就是村子長老--的隨從。村子每五年舉行一次選舉,在決鬥中奪勝的人就可成為村長的隨從。至於外人,只要勝得了長老或村老指派的人,就可獲得晉見森林之神的資格。」

宇進一副不能置信的神色：「那不就很容易嗎?」

加魯法沉聲道：「你錯了。我們世世代代都是獵人,和猛獸打的還會少?你認為能殺死老虎山貓的人會容易對付嗎?」

宇進聽罷沉默下來。

* * *

「嗞……」就在宇進的思緒開了小差的瞬間，夫迪的刀已經迅速地劈向他的持刀的右臂，其速度和角度堪稱無懈可擊。

　　宇進在匆忙中只來得及向後一縮，夫迪的刀鋒在距他身體數吋的地方掠過。他右腳才蹈到地面，夫迪一個旋身，刀又向宇進右臂橫砍而來，動作之快，一如獵豹。

　　宇進仍然來不及舉刀擋格，只好再退。這時宇進知道自己再不反攻的話，對方氣勢必會增長，接下來的刀招必然會更難招架；所以他在退了兩步後，立刻跨步閃進夫迪的左側，利用對方右手反手橫砍後空門大開的弱點，向對方的左側砍去。

　　夫迪想不到宇進的身手如此高明，但他畢竟是村中的頂尖刀手，立時矮身避過，同時也懾於對方的眼力，不待宇進再發招，就地一滾開去。

　　這時雙方都領教到對方的強悍，同時再度搶攻。

　　「砰！」

　　兩刃相交，發出一聲清響。

　　決鬥至今二人方才真正交上了手。

　　雙方的臂力平分秋色，都被對方震開幾步。

　　宇進心中敬意大生。

　　正所謂「行家一出手，便知有沒有」。

　　夫迪的功夫比起宇進毫不遜色，在宇進的一生中，有這種程度功夫的，就只碰過三人。一是自己的刀術啟蒙老師，中國刀術協會會長霍烈；二是伊朗的波斯刀王斯坦；三是阿拉伯世界最具威名的刀手德拉馬。

　　宇進怎想得到在這山林野地也會遇到如此可怕的刀手！

　　所有人自決鬥開始後都不自覺地忘了呼吸，至此才發出了震耳欲聾的歡呼聲。

長老杜杜尼也想不到這個外來者竟然有如此的身手，也同樣地是一臉的驚訝。

「你怎樣看？」

加魯法的聲音在旁響起。

杜杜尼「嘿」了一聲，沒有說話，但面上的肅容卻瞞不過人。

他本以為夫迪可以在瞬間擊倒這個不知天高地厚的陌生人，誰知道這外來者非但一點也不遜於他，竟隱有壓倒之勢？

當然，他又不像加魯法般有着四處遊歷的經歷，哪會知道眼前這人就是名聞遐邇的大探險家宇進？

這時決鬥中的二人又對上了，打得難分難解。

平心而論，論敏捷，宇進略遜一籌；但純以刀法來算，夫迪卻比不上宇進。

宇進精通中國、波斯和阿拉伯的刀術，阿拉伯刀術講究速度；波斯刀術講究刁鑽；但中國的刀術卻講究氣勢。夫迪長年對付老虎山貓獵豹等敏捷的兇獸，已訓練出了比宇進更敏捷更迅速的刀術，宇進知道以波斯和阿拉伯的刀術和他對招的話，勝算不會很大。

宇進知道不能與他比快，所以決定以拙打快，用精妙的中國刀術來迎擊。一來他可以比對方少消耗點力氣；二來使用中國刀術時所營造出來的氣勢也可以加重對方的心理壓力。

接下來的三分鐘，每個旁觀者都看得心驚肉跳，連加魯法也不例外。

夫迪就像一隻正在獵食的獵豹，用盡全力去撲殺獵物；而宇進卻像是一隻蓄勢待發的犀牛，等待一舉反攻的機會。

兩人你攻我守，刀來刀往，相鬥了百來招後，雙方身上已出現了不少血痕。

夫迪犯了一個致命的錯誤，就是想着要速戰速決。所以他一直拼命地用盡所有體力去強攻，但對手卻偏偏有着他預料之外的韌力，故相鬥了百來招後，他開始後力不繼。

宇進如何會不知？他就是一直在苦苦等候着這一刻。他換了另一種大開大闔的刀法，招招都攻向對方力所難及的刀尖，令本已吃力的夫迪更吃不消。終於，宇進窺到一個空隙，把夫迪的刀給打飛了。

全場肅然。

杜杜尼臉色一陣青一陣白。

夫迪看着宇進，口唇顫動，好一會才嘆道：「我輸了。」

直到他們幾個人離去，其他人仍然說不出話來。

聚會室中。

一干人等圍在火篝旁，依次是杜杜尼、夫迪、加魯法和宇進。

杜杜尼先開口：「自十五年前夫迪成為長老隨從開始，從來就沒有敗過一次。」接着他向宇進點頭：「你的身手真好。」

宇進笑着點了點頭。

杜杜尼對加魯法道：「明天你便帶着他去吧。」

加魯法問：「你說再也見不到森林之神，是怎樣的情形？」

杜杜尼沉默了好一會才道：「從那天起，穿過神靈樹林後，空地上再也找不到森林之神了。我們找遍

空地上的每一寸地方，都沒見到它的影子。自此村中的死亡人數比以前多上了十倍，庫伯、多古克、米拉都去世了……」

聽到兒時好友全都逝世了的消息，縱使加魯法有着幾乎看透一切的心境，也免不了有點悲從中來。

杜杜尼續道：「加魯法，我昨天不是在針對你們。你父親曾經也是村長，你應該知道，身為村子的長老，每一個決定都得以村子的安危着想。我已犯了一次嚴重的錯誤，不能再冒險了。」

加魯法了解地拍了拍他肩膀。這時宇進問：「你怎樣知道森林之神的消失是因為有外人入侵呢？」

杜杜尼肅容了道：「一定是！」

宇進也不去爭辯，又問道：「那為什麼你又讓我去？難道你不擔心嗎？」

杜杜尼默然半响，欲言又止。

宇進道：「是否最近有事發生了？」

杜杜尼略呆了一下，才搖着頭道：「沒有，沒什麼事。」

「爸爸！」夫迪向他父親叫道，語氣頗帶責備。

第十章・魔域

看到夫迪這樣反應，加魯法和宇進同時愕然。

杜杜尼又急又怒，喝道:「你閉嘴!」但他一接觸到加魯法和宇進的視線，便立即低下頭去。

夫迪這時又叫道:「你怎可以向他們隱瞞? 你不是已經要讓他們去了嗎?」杜杜尼只是在喘着氣，並不說話。

加魯法沉聲問道:「究竟發生了什麼事?」

杜杜尼閉上眼睛，低着頭，似是要做什麼重大決定一般。

夫迪再道:「如果他們毫無準備的話，那可是會丟命的!」

杜杜尼仍然閉着眼睛，好一會才緩緩地張開眼睛，嘆道:「自從前幾天開始起，神靈樹林禁止任何人進入，包括亞塔族在內。」

加魯法一怔。

「什麼意思?」

夫迪一雙濃眉皺了起來:「我們以前每次派人進去都可以平安無事地回來，但最近的一次不但只剩一兩個人回來，而且還發現神靈樹林內多了許多前所未有的奇怪樹木。」

宇進聽罷，神色凝重地問道:「是幾天之前?」

夫迪想了一下:「五、六天之前吧。」

那正是徐文剛剛失踪的時間。

宇進向杜杜尼肅容道:「為什麼你要瞞我們?」

加魯法冷笑:「你自己怕死，所以想要利用我们查出真相?」

杜杜尼又嘆道:「我不能再犯錯誤了，我不可以再令村民的安危陷入困境。我…」 不等他說完，加魯法打斷道:「所以你就要犧牲我們?」杜杜尼不說話，來個默認。

宇進道:「長老只是念及村子的安危，這樣也是迫不得已，就別再怪他了。無論如何，我們需要知道多點樹林現在的狀況，請你們把知道的都告訴我吧。」

夫迪道:「比起以前的樹林，現在的樹林多了更多的『神手樹』，而且更大更壯，連觸手也更長更粗了。」

宇進盡管在徐文處學了不少植物的知識，但卻從未聽過「神手樹」，聞言眨着眼道:「神手樹?」

加魯法解釋道:「那是一種只有神靈樹林才會有的樹，粗可四人合抱，高有15~20公尺。像榕樹一樣，它的枝幹上垂下了許多鬚根，不同的是它的鬚根有杯口般粗，而且有着凸出的爪子。神手樹的觸手一碰到物體便會收縮，把接觸到的物體給捲起，然後就像捕蠅草一般，分泌出消化液把物體給消化掉。」

宇進聽罷點頭示意明白。

　　夫迪道：「現在的神手樹不但更大更壯，連觸手也更大更多了，除非有辦法從地底穿過，否則想要不碰到觸手而穿過樹林是不可能的。」

　　宇進道：「把它們燒掉不就好了嗎？」

　　杜杜尼一聽大怒：「你說什麼？！身為森林看守人的亞塔族人哪可以這麼做？」

　　宇進站了起來：「你不敢做的話，就讓我來做！」

　　其他三人均愕然當場。

　　宇進看着杜杜尼肅容道：「我明白你的感受，這種大逆不道的事就交給我這個外人來做吧！我只希望你不要阻止我。」

　　杜杜尼臉上一陣紅一陣青，說不出話來。

　　宇進繼續道：「你想想看，再這樣下去，你的族人滅亡是遲早的事，難道你不想查個明白嗎？」

　　杜杜尼仍然沒說話，夫迪卻「霍」一聲地站起來道：「好！明天我與你們一起去！」

　　杜杜尼大驚站起：「你說什麼？」

　　「連依沙瑪和亞伯都死了，我想要知道究竟神靈樹林中發生了什麼事！如果森林之神真的要怪罪的話，就讓我來當祭品替村子消災吧！」夫迪正容道。

　　這一番話令杜杜尼聽得啞口無言，加魯法讚佩道：「好！不愧是亞塔族的勇士！」

　　宇進望向夫迪，後者向他點頭，彼此交了知心的一眼。

　　有人說過武鬥家能夠從戰鬥中互相交流彼此的靈魂，看來果真如此。

　　杜杜尼又叫道：「夫迪！」

夫迪蕭容道:「父親, 不要阻止我! 我不能眼睜睜地看着村子滅亡!」

杜杜尼頹然坐了下來, 加魯法挨過來拍了拍他肩膀:「你有個令你值得驕傲的兒子。」

宇進道:「就這麼決定了。」

這晚宇進輾轉難眠, 一直在想着這件事。

神靈樹林的異變發生在16年前, 那一大一小兩個黃種人是關鍵人物。照年份來算, 現在他們一個應該約60歲, 一個約30歲左右。

想到這裡, 宇進腦中一閃。

徐文今年29歲, 他是黃種人。

難道當年被杜杜尼救起的小孩是他嗎? 那麼那大人呢?

但為何以他們二人的無所不談, 徐文卻沒提起過呢? 難道這只是巧合?

宇進直覺這件事和徐文關係匪淺。他才在森林中失踪了, 神靈樹林便又發生異變, 可見這並非偶然。

宇進想着想着, 不禁苦笑起來。

自己究竟遲到幾天了?

他跟麗娜女公爵在10天前合力大破了班・萊爾和巴特的中東僱傭兵團(事見《空中花園》), 原本約好了一星期後到蘇格蘭去找她的, 現在卻沒法赴約了。唯有待此事了結後才登門致歉吧。

他一想起女公爵, 心中情火又熊熊地燒了起來。

這可更難睡了。

次晨， 宇進和加魯法在夫迪的帶領下， 越過了歷代長老親自把守的圍欄， 踏入了神靈樹林。

來送行的人只有長老杜杜尼。

臨行前， 杜杜尼用力抓着乃子的肩膀， 道:「小心點! 」

夫迪道:「放心吧， 父親! 」接着便帶着宇進和加魯法進入森林。

神靈樹林看下去與一般的森林無異， 一樣都是參天巨木， 潮濕的地面。

走了幾公里地， 樹木的濃密幾乎已遮蔽了所有的陽光， 宇進等只好把早準備好的火把點燃以作照明之用。

走在前面的夫迪看看頭頂， 道:「樹木好像比幾天前又濃密了些。」

宇進忍不住問道:「還有多遠? 」話未畢,夫迪停了下來， 示意他們看看前面。

二人遁着他指着的方向看去， 加魯法還好， 宇進卻看得倒吸了一口涼氣。

只見距他們百來步的樹上， 掛着零七八碎的幾個人體。

宇進取出望遠鏡一看， 忽然感到一陣嘔心， 連忙閉上了眼睛。

那幾個人死狀之恐怖， 實在無以復加。多半屍體上已沒有了表皮， 有些骨頭則裸露在外， 全身爬滿了蛆蟲， 還有黃色的膿汁向下滴着……想想也令人作嘔。

「這就是被神手樹捲起後的後果。」夫迪平靜地道。

宇進張開眼睛，改而打量起那樹來。

它就像加魯法所形容般，只是更大更壯，連觸手也更多了。

夫迪一拔腰間的刀，緩緩地走了過去。宇進點着了一根比人還高的火把；加魯法則手執他最擅長的弓箭。

三人步步為營，小心翼翼地走進神手樹垂下的觸手陣間。

宇進心中疑惑了起來。

觸手與觸手之間足有一公尺闊，連馬都可以穿過，為什麼那些人會被捲上去呢？

徐文說過，食肉植物大多是生長在養份比較貧瘠的溼地，為了補充不足的養份，尤其是氮與磷酸，才發展出捕食昆蟲的器官，以捕食昆蟲消化其養份的。看神手樹那種紮實的根部結構，加上這裡是資源豐富的剛果森林，就進化學來說，根本就沒有長出觸手的需要。

難道這神手樹真是為了保護「森林之神」而生的？

就在宇進思索的時候，耳中傳來夫迪的叫聲：「小心！」

第十一章•相見

夫迪的警告才來， 異變已起。

只見宇進腳下的土地忽然裂開了， 並彈起了兩塊比人還高的三角型的物體， 就像一個巨大的捕獸器般迅速地把宇進「夾」起來。

宇進當時的感覺就像是踏進了一條巨鱷的口中， 立刻以最快的速度把手上火把橫舉起來。

「啪!」火把的兩端頂着了那物體， 稍微阻擋了一下， 宇進趁機跳出來， 才一踏出那東西， 火把便在裡面「啪啦」地被壓碎了。

宇進滾在地上， 呼道:「好險!」

話未畢， 數不清的觸手從上方掉下來， 夫迪連忙把加魯法拉得倒下來。

宇進這才發覺觸手與地面有着一段距離， 只要用爬的便不會被捲中;可是天知道地底藏着多少像剛才那種巨大的「捕人草」?

他不耐煩地悶哼一聲， 搶過夫迪手上的火把， 狠狠往觸手們打去。

觸手們不堪高熱刺激， 紛紛向上捲起， 宇進跳起來， 重重一腳踹在那差點把他給吃了的巨大「捕人草」上。

那「捕人草」被他一腳踹得向一邊倒下。宇進打得性起，　把火把舉起後，　拔出腰間刀，　以刀背砍在火把上。

「啪啦啪啦」火把上燃燒着的枯枝被這麼一打，　飛出了數不清的火種，　散落在樹上和地上。

只見火種觸碰到的地上「啪啪」地彈起了好幾棵那種「捕人草」來，　顯然是受到火種的刺激而引發了獵捕機制。而有一部份的觸手更因此而燃燒起來。

「宇進!」

宇進轉頭看着夫迪，　見他一臉嚴肅地看着自己，　顯然是對自己狂暴的做法不以為然。

「這是最有效的方法，」宇進道:「火是所有植物都懼怕的東西，　這一點你也很清楚。」

「但這樣……」

加魯法拍了拍夫迪的背，　道:「我們不是已說好了嗎?　一切待見到森林之神再說吧。」

夫迪看看加魯法，　嘆着點了點頭。

宇進繼續以火去開路，　三人形成了一個「品」字型的陣形緩緩前進。

走了一小時許，三人又前進了幾公里地。宇進有點明白為何亞塔族人無法穿過這片森林了。他們對森林之神的尊敬和畏懼令他們在遇到阻礙時便完全處於被動，　除了束手待斃外從沒想到任何對策。

宇進也留意到，　這森林除了一些昆蟲外，基本上沒有什麼動物;他們身上亦帶着那種可以辟除蛇蟲鼠蟻的飲料，連昆蟲也不必怕。

那看來要穿過這森林並非如此困難。

正暗自慶幸時， 一種奇怪的聲音傳入三人的耳中。

宇進側耳細聽， 像是前方有什麼動物在草叢中爬行， 而且不只一隻。

以夫迪和加魯法在森林的經驗， 也無法猜出到底是何種動物在這種地方出現。

他們立即停下來， 如臨大敵般盯着前方。

草叢中慢慢鑽出了三條又長又肥的黑影。

宇進低呼：「我的天！」

那是三條足有五公尺長的巨大蜥蜴！

現時已被發現的世界上最巨大的蜥蜴是原生於印度尼西亞的科摩多巨蜥(Komodo Dragon)， 已證實最大的樣本為3.13公尺。但這三條比任何科摩多巨蜥都要大上一人截！

不僅如此， 面前三條巨大蜥蜴的模樣比科摩多巨蜥還要兇猛， 除了頭頂有着形狀奇怪的冠狀物外， 背脊也長了一排令人毛骨悚然的尖刺。

這時三條巨蜥各自張開了能吞下一個人的血盆大口， 以難以相信的速度迅速地爬過來。

三人的反應甚是快捷， 宇進舉起火把， 發力往其中一隻巨蜥的眼睛砸下去； 夫迪用刀去砍另一隻的頭； 加魯法卻往後跳， 拉弓搭箭。

被宇進火把砸中的那巨蜥怒叫着跌往一邊， 但牠卻想以尾巴反擊， 嚇得宇進立即向後跳去。

被夫迪砍中的那隻卻一點也不怕， 大口照樣噬來， 夫迪憑着多年和山貓獵豹搏殺而訓練出來的反射神經， 第一時間滾倒地上， 才恰恰好避過被咬之危。

宇進知道某些蜥蝎可以藉着咬傷獵物而注入一些可以令血小板失去功用，令其傷口血流不止，失血過多，造成「敗血症」而死的毒素，故大叫道：「別被咬中！可能有毒的！」

其餘二人應了一聲，紛紛使出渾身解數迎戰這些龐然巨物。本來宇進沒有像夫迪和加魯法般有着多年與野獸搏殺的經驗，但他卻有着在空中花園內與神獸索尼殊(Sirrush)搏鬥的經驗，現在倒也能派上用場。

宇進一手執刀，另一手拿着火把，交叉着打向那巨蜥。那巨蜥的尾巴又掃來，宇進只得又向後跳去，突然覺得背後像是碰到什麼尖刺，立時大叫不妙。

還來不及反應，宇進已被一條下垂着的觸手捲個結實，打着轉被捲上去。糟糕的是他連手臂也被捲着，想用手也有心無力，以他一向的鎮定自若，立刻也不禁魂飛魄散。

幸而千鈞一髮之際，一支點了火的箭疾飛而至，準確無誤地命中了宇進頭頂的那一截觸手，火焰瞬間便把觸手給燒斷，宇進連隨觸手一起跌下。

「嘩！」宇進結結實實地跌在地上。以他強健的體格，從十多呎高跌下來，也免不了眼冒金星。

夫迪趕過來，揮刀把捆着宇進的觸手給砍斷，宇進忍着渾身疼痛，奮力站起。

「他媽的！」

宇進怒氣一激，拔出槍來。

原本他也不想用槍的，但這鬼森林中諸多阻撓，煩人的動植物周圍都是，每多留一秒便多一

分危險。72年前， 以德軍精銳部隊的能耐， 也免不了幾乎全軍盡墨， 他們只有三個人， 理應拼盡全力吧?

宇進一槍在手， 立刻大發神威， 向最近他們的一隻巨蜥連環開火， 每槍均射向牠的口中， 那巨蜥中了幾槍便直挺挺地躺地止不動了。

另外兩隻巨蜥怒叫一聲，自頭頂冠狀物體的小孔中噴出一些紫色液體來，夫迪及時把宇進拉開，紫色液體濺在宇進剛剛躺着的地方，被濺到的青草立時變黑枯萎。

宇進低呼一聲:「好傢伙!」說罷連環開火，把兩隻巨蜥擊斃。

剛才射出火箭救了宇進的加魯法此時也走了過來。

「你沒事吧?」

「謝謝， 這是你第三次救我了。」宇進的手搭上了加魯法的肩膀。

加魯法笑笑。

「先休息一下吧!」

一路上三人斷斷續續地碰到很多的神手樹、捕人草和大巨蜥，但都無法令他們停下來。

又走了幾公里路，眼前突然一亮。

加魯法和夫迪的呼吸加劇了起來。

佈滿參天巨木不見天日的叢林中， 竟出奇地露出了一塊毫無遮蔽， 約五十公尺直徑的圓形草地。在草地的中心，零零丁丁地豎立着一間奇怪的建築物。

那是一間以乾草和木材搭成的簡陋小屋。

難道有人在這兒居住不成？

加魯法和夫迪可能是對森林之神懷着敬畏的關係，此刻裹足不前。宇進深深吸了一口氣，慢慢向前走去。

他走近小屋，隱約聽到裡面傳來男女嬉戲之聲。

宇進心下疑惑，再走近了些。

嬉戲聲突然中斷，顯然是裡面的人發現了有陌生人靠近。

宇進暗叫糟糕，門已「依丫」一聲被人打開來。

宇進張大了口，合不上來。

開門的是一個清麗到無法形容的年輕女子，雖然她身上只披着麻布，但絲毫沒影響到她那天使一般的氣質。微風把她的金髮吹得揚起，猶如神話中的女神。

坦白說，連麗娜女公爵的美麗也比不上她。

「露絲，發生什麼事了？」

一個男人出現在那年輕女子身旁。

「進！你怎麼會在這裡？」

竟然是失踪多天、遍尋不獲的徐文！

第十二章•敵襲

宇進張大了口，說不出話來。

徐文又道：「你怎會在這裡？」

宇進定過神來，悶哼一聲，一把抓著徐文的臂彎，把他拉得直跌出來：「我怎會在這裡？你問問你自己，你失蹤了多久？惠比壽教授急得快要瘋了！」

徐文揉著被宇進扭得疼痛的手臂：「有什麼大不了？我不過是走開兩、三天而已，有那麼嚴重嗎？把你也找來，太小題大做了吧？」

「兩、三天？你還沒睡醒啊？你失蹤了十二、三天了！」

「啊？」徐文愕然。

「我們為了找你在拼生拼死，你這小子卻在這裡樂不思蜀！你說你都在幹什麼？」

「我……」徐文仍然是一臉迷惑。

宇進想要再抓著他時，徐文身旁的那女子把身子一橫，擋在徐文身前，盯着宇進，神情不悅。

宇進見狀一怔，徐文忙把那女子拉開：「露絲，別這樣！他是我最好的朋友！」

那女子 － 露絲 － 這才退開了些，但神情仍是不快。

宇進疑惑道：「這位是…?」

徐文臉上一紅：「她…她是…」他支支唔唔地，卻怎樣地說不出來。

宇進心下也自覺奇怪，自他認識徐文起，從未見過他交過女友。以前每一次有社交活動時，徐文總是以研究為理由而缺席，就算在場也都只會坐在一旁，從不主動找人交談，除非與他的研究有關。

徐文是獨生子，出生於一個書香世家。自祖父起已是大學教授，徐文的父親徐瀚博士更是舉世公認華人界中研究輻射的第一人，但晚年患上了肺病，如今正在妻子的陪同下在日本的一所療養院中休養。

由於家庭環境的關係，徐文從小便飽讀詩書，加上他面目清秀，神情上自有一股英氣。他三十歲不到便拿到了兩個博士頭銜，正是「腹滿書卷氣自華」。

儘管他如此出色，對於投懷送抱的女子，他都只是一笑置之。被他拒絕的女子之中有很多都是達官貴人、社交名媛，但他總是保持獨身。

現在他的身旁竟站著一位比麗娜更美的絕色麗人，這不是很奇怪麼?

宇進知道現在不宜深究，便向徐文介紹道：「這是加魯法和夫迪，他們都是亞塔族的人。我們進去再說吧。」

徐文向露絲看去，見她沒有反對，便點了點頭。

屋子中的擺設非常簡陋，除了一几兩椅外，就只有一張以樹葉織成的蓆。

難道這小子這十幾天來就是在這木屋中嬉戲?

想到這裡，宇進向徐文看去，後者面略紅了一紅。

宇進又再狠狠地瞪了他一眼。

待眾人坐下，宇進便把事情說出來。

徐文聽罷，好一會兒說不出話來。

「你是說考察團中有被收買的人？」

宇進點點頭。

「那……那什麼『森林之神』現在在哪裡？」

宇進其實也不甚清楚，向夫迪及加魯法看去。加魯法道：「它就在你腳下這片空地上。」夫迪道：「但它16年前已不見了！」

宇進看著徐文，一字一頓地道：「小文，你老實回答我，你小時候可曾到過這裡？」

徐文正要開口回答，遠方突然傳來一聲巨響。

「是村子的方向！」夫迪及加魯法叫道。

「爆炸聲！」宇進最先醒覺：「難道是他們追來了？」

「我們得趕回去！」加魯法叫道。

宇進點點頭，向徐文道：「到村子去再說！」

說也奇怪，原本滿是陷阱、荊棘滿途的神靈樹林，此刻卻風平浪靜，處處安寧。其平靜之處，就像供人遊玩的園林一樣。令眾人難以置信的是，連神手樹的「手」也消失得乾乾淨淨，就像從未存在過。

原本需要走上大半天的路，如今竟只需要走上幾小時。

沿途一眾人等都聽到密集的槍聲和爆炸聲，更是令人心急如焚。

「到底發生了什麼事?」徐文邊跑邊問道。

還未有答案,眼尖的夫迪道:「有人來了!」旋即沉聲道:「不是村子的人!」

宇進極目一看,見到有兩三個身穿軍裝的兵士正向着這方向跑來,其中之一正在把槍嘴舉起來。

宇進大叫:「小心!」說罷立即把身後的徐文拉倒,連帶把露絲也拉得跌下來。夫迪則立即把加魯法拉到一棵大樹的後面。

「噠噠噠噠……」子彈橫飛,打在樹身和草上。

宇進心中大叫糟糕。

對方所有人都有着新式精良的槍械;反觀己方只有一些原始的武器,充其量也只有一柄過時的舊款手槍;加上有個連殺雞也不會的文弱書生和看似一拳都能擊斃的孅弱女生,真是令人頭痛。

正傷腦筋時,那幾個軍裝兵士腳下的土地忽然裂開了,鑽出了數棵那種巨大的「捕人草」,把猝不及防的那幾個軍裝兵士給吞噬在內。

那幾個兵士驚慌失措下大力掙扎,難以置信地尖叫着,最後被活生生地夾得骨骼盡碎慘死。

宇進看得臉色一股慘白。要是剛才他反應慢些,恐怕也一樣下場。

加魯法叫道:「走吧!」

眾人應諾着起行,不一會便回到村子的圍攔處。

宇進忽然低呼道:「快躲起來!」

夫迪與他極為合拍,立即拉着其他人躲到一堆矮樹之後。

眾人偷望一眼,心中大叫不好。

　　原來他們見到數十個亞塔族人，不分男女老幼，全部被綁坐在昨日宇進和夫迪比刀的那個空地上，為首的赫然是村子長老，夫迪的父親杜杜尼。

　　而旁邊有着七、八個與剛才一樣裝束的兵士在把守着。

　　看他們的分佈，宇進便知道絕無可能在不被發覺下把他們解決。

　　就在為難時，加魯法忽然道：「我有辦法！」

　　眾人一同向他看去。

　　只見他拍了拍系在身上那個裝着那種飲料的土製燒瓶，又指了指離他們不遠的幾棵樹上的蜂巢。

　　宇進笑了笑，明白了他的用意，以手勢吩咐徐文和露絲繼續躲藏，然後拔槍在手。夫迪也拔刀準備。

　　加魯法解下燒瓶，待每人都喝上幾口後，拉弓搭箭，指向一個蜂巢。

　　宇進低聲道：「去！」

　　只聽得一聲弦響，利箭激射而出，準確無誤地命中那蜂巢，那蜂巢「噗通」一聲跌在地上，無數的黃蜂傾巢而出，撲向最近的人。

　　其中一名兵士發覺到這批死神的接近，首先尖叫了起來。這麼一來，所有人都發現了。

　　一如加魯法所說，外來人一見到這些恐怖絕論的生物，必定驚慌失措，拼命反擊，這麼一來不啻是正中下懷。

　　加魯法一箭又一箭地把幾個蜂巢射下，宇進和夫迪趁機從隱藏處竄了出來，宇進趁一眾兵士慌亂地對着黃蜂群開槍，完全無法兼顧其他事情的時候，

連環開槍把他們擊倒；而夫迪則把握機會替其族人鬆綁。

徐文也是第一次目睹如此恐怖的情景，張大了口出不了聲，奇怪為何沒有半隻黃蜂落到自己一伙和那些亞塔族人身上。

宇進在那些兵士身上收集了大量的武器與彈藥，心中踏實了不少。

夫迪的動作很是迅速，眨眼功夫已把所有人給鬆了綁。杜杜尼迎上了跑過來的加魯法與徐文等，並向加魯法點了點頭，以示謝意。

不等任何人開口，杜杜尼便道：「先離開這裡再說！他們仍有人在附近！」

話未畢，破空之聲傳至，其中一間木屋爆炸起來，爆風夾着木屑向眾人蓋過來，一大半人給震倒在地上，連黃蜂群也給驅散了。

「火箭砲！」宇進叫道：「快跑！」

夫迪等一點頭，立即帶着族人向另一個方向跑去。宇進轉身殿後，但入目的情景令他渾身一震。

只見在視線的彼方，有兩輛鎮暴用的裝甲車正在緩緩駛來！

第十三章•求救

宇進心中叫天,大叫道:「跑!快跑!」

其中一輛裝甲車的頂部打開了來,一名手持着火箭炮發射器的兵士冒了上半身出來,火箭炮發射器瞄準了這邊。

宇進吼道:「快趴下!」

宇進用的是班圖語,亞塔族人中並不是每個人都聽得懂,加魯法和夫迪立時以他們的族語呼喝着。

只是這半秒之差,一枚火箭已落到距他們不到十五公尺的地上,「轟」的一聲爆炸起來,整隊人被爆風撞得不成隊形,非死即傷;最靠近爆炸的幾個人甚至被炸得支離破碎、血肉橫飛。

杜杜尼看得睚眥欲裂,狂叫着要跑回去與他們拼命,被夫迪和加魯法給硬拉着離去。宇進以手槍向那裝甲車射去,只能把那兵士給迫回車廂,卻無法把車子給慢下半分。

車子直駛到大隊中,橫衝直撞,把手無寸鐵的村民給輾得慘不忍睹。

宇進心中大怒,趁車子駛過他身邊時,盡力一跳攀到車子上,車子的頂部立即打開來,宇進隨即一腳猛踹在把頭伸出來的兵士的面上。

宇進盛怒之下出擊，力道當然強勁！只聽得那兵士慘哼一聲，鼻樑立即折斷，牙齒也給打落了一半。宇進一拳把他給轟回車廂，再拋了一枚剛才撿來的手榴彈進去，這才跳下車，滾倒草地上。

「轟！」裝甲車內大爆炸，一頭撞在一棵粗大的樹上，焚燒起來。

徐文等大聲歡呼，卻被宇進揮手示意快逃，再指了指村子另一邊。

眾人順着他指的方向看去，見到有五至六輛裝甲車正在迅速接近，心中大叫救命。

裝甲車的車頂都打開了來，一個個手持着火箭炮發射器的兵士冒了出來，火箭連環出擊，宇進和夫迪等各自或推或拉地把村民們趕到比較安全距離。沿途上的房屋都給炸成了碎片。

「快把他們帶到安全的地方去！」

話是這樣說，但在敵人強大的火力下，哪裡有安全的地方？

這時夫迪大叫：「跟我來！」說罷他伸手指著一個方向。

別說是加魯法，連他父親杜杜尼都不知他所指的是什麼地方。但現在實在不宜深究，杜杜尼只好領著為數不及一半的族人跟著夫迪而去，由加魯法與宇進斷後。宇進把從敵人身上撿來的煙霧彈全拋了出去，立時煙霧大作，這時敵人想追也追不到了。

大伙兒急跑了近半小時，到了一道急澗之旁，不遠處有道不很高的瀑布。夫迪泅著水快步走到瀑布前，一個閃身便穿過水簾，消沒不見。

眾人這才領悟瀑布後另有天地，紛紛跟著進去。

宇進是最後進去的人。只見在水簾之後是一條高闊約兩公尺、稍微向下傾斜的隧道，深有二十來公尺。穿過隧道之後是一個頗為巨大的洞穴，容納四五十來人不是問題。

這時夫迪從洞穴的一個角落拿來了大量的柴枝，加魯法和幾個族人把柴枝堆成幾個柴堆，生起火來。宇進抬頭一看，洞頂有著幾個孔洞，但是不見光芒，看來菁火的煙不會冒出外面而被敵人發覺。

宇進來到徐文身旁坐了下來，看著不斷喘著氣的他，在徐文另一邊的露絲正在替他把汗給抹去。

夫迪又找來了一大堆食物和水，與加魯法一起分給族人們。

待他們忙碌完畢坐下後，杜杜尼才問夫迪道：「你怎知道有這樣的一個地方？」

夫迪道：「這是我有一次打獵時，被一隻老虎追趕時無意中闖入而發現的。在那次之後我便在這裡存下了大量食物，當做出外打獵的休息場所。」

杜杜尼點點頭，向宇進道：「那些人是怎麼回事？」他的語氣含有濃烈的不滿和質疑，明顯地認為是宇進把他們給惹來的。

宇進當然聽得出來，他沒有立即回答杜杜尼，反而向加魯法道：「那些也是他們的人。」

加魯法明白宇進的意思，是要他幫忙解釋給杜杜尼聽。前天在解說時他們並未說得很詳細，只說了有人想要透過徐文而搶奪「森林之神」而已，現在可不一樣了。

　　加魯法點了點頭後便向杜杜尼父子和盤托出一切，宇進問徐文道：「你沒事吧？」徐文仍在喘氣：「幾乎要了我的命。」

　　宇進瞪了他一眼：「平時叫你多點運動你又不聽。」頓了一頓，又道：「好了，老實答我的問題，你以前有來過這裡嗎？」

　　徐文搖了搖頭：「沒有。為什麼這麼問？」

　　宇進對他說了16年前亞塔族村落外面發現一大一小兩個人及森林之神不見了的事，徐文立時把握到他的意思。

　　「你是說…那孩子可能是我？那個什麼…森林之神是因為這才不見了？」

　　宇進點了點頭。

　　徐文閉上眼睛，好一會才道：「我不知道…我只知道我在13歲那年因為意外而昏迷了足足半年。」

　　宇進聽罷一震：「難不成你因此而失去了部份記憶？你遇到什麼意外？」

　　徐文搖頭：「不知道…聽我爸說，我是失足跌下山崖，撞到頭形成腦震盪。對於在哪、什麼情況下失足，他沒有跟我說。」

　　宇進沉默了起來。

　　如果徐文真的什麼都記不起的話，最好的辦法就是去問他父親徐瀚博士。

　　但是他的通訊器早已因內奸問題而丟棄了，現在幾乎可算是與世隔絕，又有什麼法子可以聯絡到其他人？除非他越過森林到最近的城鎮去。

　　但現在亞塔族的情況如此惡劣，他實在無法就此離去。

「現在我們該怎麼辦?」加魯法問道。

宇進皺著眉想了一下,道:「對方既然對『森林之神』是志在必得,那他們未必那麼容易就此罷手。問題是『森林之神』已經不見了,如果他們找遍了村子卻找不到它的話,就一定會認為是被你們藏了起來,而盡全力來找你們的…再說,他們還沒有抓到小文。」

「那我們該怎麼辦哪?」這次是徐文問的。

「事到如今只有兵行險著了。我想辦法潛回村子去,偷用他們的通訊設備找救兵,希望可以在被他們找到這裡之前到達。」

加魯法和夫迪均是一驚:「那很危險的!如果被發現的話…!」

「對。所以我得先裝扮成他們的一份子。」

加魯法對於森林中的一切的確是熟悉無比,二人趁著夜色神不知鬼不覺地潛回了村子的邊緣。

原本夫迪也要跟來的,但被宇進嚴詞拒絕了。

「村子現在比任何時候更需要你,你得留下保護他們。」宇進甚至把唯一的手槍交給了他。

這時加魯法一向村子看去,便怒得要衝上去跟他們拼命,但被宇進按住了。

宇進雖然按住了加魯法,但他心中其實也是憤怒得可以。

可憐的亞塔村,幾乎所有的木屋都被摧毀了;村民的屍體全部被堆到一旁。對方搭起了數十個軍用帳蓬,并豎起了很多強力的探射燈。

有兩輛直昇機不斷在天上兜圈子, 宇進觀察一會後向加魯法分析道:「他們現在正在以蜜蜂迴旋飛

行的方式，以一點為中心，以順時針方向逐寸逐寸地搜索，每轉一圈就擴大一點。這方法雖然要用多些時間，但卻十分有效。」

「那我們要怎樣做？」

「看到那邊那輛車子的車頂上有一隻很大的盤子嗎？那就是他們的通訊設備，我就是要偷用那個。」

這時在遠方的直昇機緩緩地飛回來，宇進道：「這一圈他們用了約八分鐘，下一圈我估計需要用十二分鐘左右。」他一拍加魯法的肩膀：「如果我十分鐘內不回來的話，你就先回去，帶他們儘快向東逃！」

加魯法還想說什麼，宇進已經迅速地竄了出去。

宇進在叢林中躲藏著，好不容易才窺到了一個機會，把一個落單了的兵士用一根樹枝給重重敲昏過去，接著他便把那可憐的兵士給脫得精光，把他的所有東西都穿戴在身上。

他用樹籐把那兵士給綁在一棵樹上後便施施然地向那輛通訊車走去。

這時耳邊的接收器響起聲音：「你那邊有什麼狀況嗎？」

宇進打開了對話器：「沒有，一切正常。」

那邊也沒有懷疑，終止了通訊。

宇進再不遲疑，快步跑進通訊車內。

通訊車中的儀器一看便知道性能極高，宇進坐到其中一張椅子上，戴上了耳機。

他小心地調較著掣鈕和碟型天線的角度。

　　他和那姆之間有著一個特別的緊急聯絡頻道和暗號，只要那姆接收到的話就一定會在最短的時間內趕到。

　　經過了五分鐘的操作後，宇進終於把求救訊號給發射出去。

　　距離跟加魯法約定好的時間還剩兩分鐘。

　　這時耳邊的接收器傳來了呼叫聲：「有人用村口的通訊車作了不明通訊！快派人去看看！」

　　宇進大叫不好，連忙打開車門，視線的彼方已出現了數不清的人影。

第十四章•交易

宇進一看到如此陣仗，便知道絕不能在車內多逗留半秒鐘，所以他立即向外跑去。

他靠著樹林的掩護，裝作從另一邊趕來，又裝模作樣地加入了搜尋。

那當然是一無所獲。

「奇怪？人呢？」

其中一名士兵領隊從車內走出來，手上拿著一塊東西，看上去像是電腦硬盤。

「我們先回去給頭子報告，AB隊留下來繼續搜！」然後他一招手，約三份之一的人跟著他走。

宇進正密謀辦法脫身時，其中一個正要離開的士兵向他喝道：「喂！你在那裡愣什麼？還不快跟著來！」

宇進心中苦笑，原來他裝扮的士兵是屬於回去報告的那一隊，這下子要逃跑就更難了。

不過趁著機會看看對方的首領是誰也好。

再不遲疑，宇進快步跟著大隊走。

走到村子中心，宇進見到一個比任何一個營帳都來得大的巨型營帳。營帳內絲毫不見光芒，看來是為了隱秘而用了特別厚的布料。

那隊長把士兵們留在外面，自己一個人進了營帳，半響後他和另一個人走了出來。

那人約50歲左右，身材瘦長、臉削鉤鼻，說不出的陰森。他穿著軍服，但令宇進訝然的，是那人正披著一件領口上有著「卐」符號的大衣。

宇進立即回想起加魯法的話。

難道說這些人跟71年前的事情有關？

那人突然高聲說了一句話，所有士兵都立刻把右臂舉起來，回了一句口號似的句子。

宇進只聽出那句話是德文，卻完全不知道他那句話的意思，想跟別人一樣回應也有所不及，就那麼一耽擱，那人已經向他望過來。

「就是他！」

宇進連反抗的念頭都來不及升起，就被二三十支槍給指著。

嘿，誰想到那麼冤枉的就被識穿了。

片刻後，宇進被解除了所有武裝，被人押進了那巨型營帳裡。

營帳里布置得像二戰時的軍事廳，那人正在看著桌子上的照片。

他看到宇進，微笑道：「請坐！」

宇進坐下後，那人道：「首先，我要先表達我對你的敬意。你能夠三番四次的躲過我的人的追捕，真是厲害！是吧？宇進博士。」

宇進對他認出了自己並不驚訝，只是聳了聳肩，出奇不意地問道：「你和珈瑪國際醫藥企業是什麼關係？」

那人一怔，訝道：「難怪巴特會栽在你的手上，果然名不虛傳！」頓了一頓，又道：「讓我來自我介紹，我是漢斯·漢克。」

宇進眉毛一揚：「你就是兩德合一後，歐洲新納粹黨的兩個地下領袖之一，漢斯·漢克？」

漢斯哈哈一笑：「宇進博士果然博學！」接著走到一旁坐下：「既然你知道我是誰，那我說話就不用擺彎抹角了。」

宇進開門見山：「為什麼要對付我？」

漢斯攤手：「我不希望你影響我的計劃。」

「是因為我認識徐文嗎？」

漢斯盯著他，點著頭：「我越來越佩服你了！」旋又道：「不錯。我有點事需要他的幫忙，而我不想他被人打擾。」

「究竟你要小文幫你什麼忙？」

漢斯道：「我要在這片森林中找一株很特別的植物，需要徐文博士替我研究。除了他外，沒有其他人可以勝任。」

宇進心想果然如此，口中卻問道：「什麼植物那麼特別？」

「這你就別管了。」漢斯搖搖頭，接著微笑道：「不如我們來做個交易，好嗎？」

宇進眉毛一揚：「什麼交易？」

漢斯微笑：「我知道徐文博士已經和你匯合了。如果你能夠說服他來替我工作，我就放過亞塔族，如何？」

這根本就是變相的恐嚇，宇進沒有立即回應，問道：「你其實一早已在考察團中安排了線眼，小文的

一舉一動你都知得一清二楚，為什麼會需要我去替你說服他？」

漢斯沉吟了一會，才慢慢道：「原本的計劃是，以考察為名，把徐文博士給帶引到那片神秘的森林中去，讓他讓他發現那株植物的。但是忽然出現了一些狀況，　失去了帶引他的機會。」

「什麼狀況？」宇進冷冷道。

漢斯道：「就是徐博士的失蹤，他的失蹤令我們措手不及，整個計劃幾乎毀於一旦。」

宇進眼神一閃：「他的失蹤跟你們一點關係都沒有嗎？」

漢斯嘿然道：「要是有關，我就不用這樣大動干戈了。」說罷一指帳蓬外。

宇進沉默起來。

漢斯似乎仍未知道「森林之神」已經不見了。

如果讓他知道的話，肯定不會開出那種交易條件。

只是他現在得盡量拖延時間，好讓那姆來救他。

「你怎樣找到這裡來的？」宇進問道。

漢斯一笑，示意他看看桌上的東西。

宇進離座站到了漢斯的對面，觀看桌子上的東西。

桌子上雜七雜八的放著許多文件和照片，當中有著不少他宇進和徐文的照片，漢斯顯然下了很一些功夫。

「你的情報收集做得很不錯啊！」

漢斯一笑，來個受之無愧，然後把一幅圖推到宇進面前。

那是一幅用炭筆繪畫的草圖，畫的是一株像是玫瑰一類的植物，只是它的花瓣是透明的。畫功雖然不佳，但仍具神韻。

「這就是那植物？」

漢斯點頭。

「你是從哪裡得來的？」

漢斯陰險地笑笑：「你以為我為什麼會找到這地方？」

宇進心中一動，明白過來。

「你跟亞塔族人有過接觸？」

漢斯點頭：「正確地說，是我的曾祖父和他們有過接觸。早在1939年他就曾經帶領過精銳的兵士到森林中找這植物，只不過…」他頓了一頓，再道：「他失敗了，而且再沒有回來。」

宇進心中一凜。

漢斯所說的和加魯法說的都一樣，難不成那槍殺了加魯法父親的納粹軍官就是他的曾祖父？

他不動聲色地問道：「他再沒有回來？是迷失在森林中嗎？」

漢斯攤手：「沒有人知道。這事情因為他失踪而擱了下來，直到我父親成了珈瑪國際醫藥企業的總裁，事情才有進一步發展。」

「原來你父親是珈瑪國際醫藥企業的總裁，難怪…」頓了一頓道：「之後事情有了什麼發展？」

漢斯指著那繪圖：「我父親在家無意中找到了這一張圖，然後再從我祖父口中得知了曾祖父的事。他對這植物產生了濃厚的興趣，想盡辦法去找這一株

植物，可惜在16年前的某一天，步上了我曾祖父的後塵。」

宇進聽到「16年前」這幾個字，先是一凜，之後神色自若：「他也失蹤了？」

漢斯點頭。

「所以你就想完成他那未完成的工作？」

「算是吧！」漢斯坐了下來：「怎樣？交易的事你想得如何？」

宇進沒有回答，低頭思索。

其實他心知肚明那「森林之神」早已不在，就是讓徐文去找也不用擔心他會被吞噬掉，但是如此一來，漢斯就必定會把他給禁錮起來，直到他「找到那植物」為止。

他仍在考慮著，忽然漢斯冷笑道：「其實你早就知道那植物的事吧？」

宇進心中大凜。

「什麼意思？」

漢斯「嘿」一聲：「如果你對那植物沒有認識，你就不需要考慮那麼久了。」

宇進對他的觀察力大感佩服，知道瞞他不過，直認道：「不錯，我是聽亞塔族人說過。他們說那植物是他們的守護神，而且會把想對它不利的人給吞噬掉。」

「哼！那只是他們的傳說罷了！」

「我也希望那是只個傳說，但你能解釋你父親和曾祖父為什麼會失蹤嗎？」

漢斯一愕。

宇進說的並非沒道理。

「……盡管如此，我還是需要徐文博士。」

宇進沉聲問：「為什麼非要他不可？」

宇進硬然的態度顯然令到漢斯不快，臉色沉了下來。但是漢斯也明白到如果他不回答這個關鍵性的問題，他休想得到宇進的合作，所以他只是猶豫了一會便道：「因為徐文博士是唯一可以找到那植物的人。」

宇進愕然：「為什麼？」

漢斯一指桌面上一份殘舊的報告：「你自己看吧！」

宇進拿起來看，不禁怔住了。

那是一份植物的研究報告，日子是17年前。

報告上照片中的並不是實物，而是他剛才看過的繪圖。報告上的內容則十分缺乏，除了簡單的成份分析外，可說是一無所有。

但令宇進驚訝的是，做這份報告的人的名字。

英文寫著「Gerald Xu」，署名寫著「徐浩」二字。

宇進記得徐文父親的名字是「徐瀚」，這個「徐浩」難道跟他有什麼關係？

漢斯鑑貌辨色，道：「你也想到了是吧？我已經調查清楚，這個叫『徐浩』的人，就是徐文博士的伯父，曾經也是植物學家。」

「曾經……？」

漢斯點頭：「不錯，他也像我父親般在多年前失踪了，法律上已稱死亡。」

宇進的驚訝有增無減。

徐文可是從來沒有提過他有一個當植物學家的伯父啊？否則以他對植物的熱愛程度，他怎麼可能絕口不提呢？

漢斯道：「我甚至查到了他早在16年前已立下了遺囑。在法律上宣佈徐浩死亡後，有關單位便依照他遺囑上所說，把遺物交由唯一的親人徐瀚博士。我查出了他的給徐瀚博士的遺物只有一些物業及古董，但奇怪的是，遺囑上特別聲明有一份文件是給侄兒徐文的，我透過種種方法才知道他留給侄兒的文件是一份植物研究報告。」

宇進只覺事情越來越複雜，但仍不失他的判斷力：「所以你覺得徐浩當年的研究其實已有了結果，你現在得到的只是表面…」頓了頓又道：「既然已有現成的報告，你還要小文替你研究什麼？」

漢斯冷然：「只可惜我怎樣也得不到那份報告，所以我只好找徐文博士幫忙。」

宇進盯著他道：「以你的手段，相信你不會只等小文的幫忙吧？」

漢斯微笑：「和聰明人打交道真是痛快！你說對了，我曾經去找過徐瀚博士。他雖然患上了老人癡呆症，但我仍然能引導他說出他兄長的失蹤是在他發現新的輻射元素半年之前的事。」

宇進聽罷又是一怔。

他記得徐文說過徐瀚博士是在徐文13歲那一年秋天公佈發現新的輻射原料。

徐文今年29歲，也就是說，徐瀚博士是在16年前發現新原料，而兄長的失蹤是同一年春天的事。

又是16年前？

李影

漢斯父親的失踪、徐浩的失踪和「森林之神」的失踪都是16年前的事，加上徐文小時候可能到過亞塔村……這一切一切未免巧合得令人驚慄。

不知原因為何，但總之這絕非巧合！

第十五章•救兵

漢斯看他的臉色，還以為宇進誤會了他對徐瀚博士有過什麼舉動，道：「你放心吧，我沒有傷害他。」

宇進知道他誤會了，心想正好利用一下，裝作慍然道：「最好是這樣，否則讓我知道你竟對一個患了老人癡呆症的老人下手的話，我一定不會放過你。」

漢斯一笑，旋又正容道：「現在你知道為什麼我非要找徐文博士不可，那交易你覺得怎樣？」

宇進知道躲不過，雙手按在桌子上，認真地想了一會。

如果漢斯真的答應退兵，毫無疑問是最佳的結果。

但現在的問題是宇進知道那植物已不在了，那徐文的自由就成了問題。

所以無論如何，他都不能答應讓徐文來替漢斯服務。

至於亞塔族的安危，現在還是未知之數，問題是自己能否脫身呢？

對方的勢力龐大，硬闖的話肯定沒勝算。

除非手上有王牌。

宇進握緊拳頭，心中有了打算。

「怎樣?」漢斯見到他的模樣，開口問道。

宇進微微一笑：「這就是我的答案!」

話未畢，他已一腳把桌子給挑起來。

漢斯想不到宇進會突然發難，但他畢竟是經歷過大風大浪的人物，江湖經驗豐富，是以他立即重重一拳擊在仍在半空的木桌上。

「啪!」桌子被漢斯一拳之力擊得裂開兩半，紙張立時飄滿營帳之內。

他的拳力強得異乎尋常，宇進也大為訝然，心想能當上秘密組織首領的人確定不同凡響。

「你偏要敬酒不喝喝罰酒是嗎!」

漢斯怒叫著，另一拳已揮向宇進。

宇進倒也不敢硬接他的拳頭，只得移步避開。

漢斯不斷追擊，很快便發現到眼前這人的級數和以前的對手都不同，竟然連出十多拳也沾不上他半根毫毛。

宇進也頗為訝於他的身手，並不在自己之下，光是閃避也很吃力。

忽然銀光一閃，漢斯不知從哪裡拉過一柄西洋劍，劈頭向宇進肩頭砍下。

宇進一驚，急忙閃過身子，漢斯卻在中途變招，手腕一翻劍刃已向他胸口砍來。

眼看避無可避，宇進全盡氣力向漢斯撞去。

「嘶!」

因為手腕被撞到，劍刃未能如漢斯所期地砍到宇進的胸口，但仍叫他砍傷了手臂。鮮血飛濺下，宇進後退了幾步。

原本他選擇近身戰的目的是為了防止漢斯拔槍，但看來已難以實現了。

不出所料地，雙方的距離一拉開，漢斯便拔出槍來。

「啪! 啪!」

幸好宇進反應夠快，來得及避在一個木箱之後，才不致中招。

「宇進! 本來我見你是個人才，才不捨得對付你。這是你逼我的!」

「啪啪啪」子彈都被射在箱子上。

漢斯一按領口上的迷你通訊器，呼叫兵士進來。

宇進一看之下不禁心中大急。

如果再多幾個人進來，他肯定不是被擒便是被殺。

唯有一拼了。

漢斯眼角黑影一閃，一件物體迎面擲來，他忙向一旁閃去。

那是桌子破裂後掉在地上的紙鎮。

「你…!」

漢斯剛開口，便見到宇進向外擲出了數件東西。

當漢斯醒覺到那是他放在一旁的白蘭地時，想阻止已來不及了。

只見酒瓶敲在帳幕內的電燈和電腦上，「啪拉啪拉」地碎裂起來，。更甚者「轟!」一聲地爆成一天火花。火種灑落在帳幕內的數個角落，迅速地燃燒起來。

這一切只發生在漢斯呼叫兵士後的短短數秒間。

「……!」漢斯高聲罵了一句德文的粗話。

宇進趁他分心的一刹那,從箱子後面竄了出來,向漢斯掠去。

漢斯想舉槍射擊,卻被宇進一腳踢中手腕,劇痛下漢斯鬆了手,手槍向上飛去。

漢斯另一隻手反手提劍向宇進抹去,但宇進像早料到一般伸手抓著他的左腕,猝不及防下漢斯被宇進一招「過肩摔」給摔倒地上。

漢斯痛哼一聲,一個翻身跪了起來,入目的卻是自己那把槍的槍嘴。

宇進搖了搖指著漢斯額頭的手槍:「起來!」

漢斯嘿然道:「看來我真的低估了你。」說罷站了起來。

這時一群兵士荷槍實彈地衝了進來,見到漢斯被宇進脅持著,驚訝中紛紛舉槍指者宇進,卻無半個人敢開槍。

宇進叫道:「你們都給我丟下武器!」

兵士們向漢斯看去,見他點頭,也就都拋下武器,倒退著出了營帳。

這時已有半邊營帳陷入了火海,實在不宜久留。宇進撿起了兩把手提機槍,示意漢斯走在前面,一先一後地步出營帳去。

營帳外有著最少上百名名兵士如臨大敵地舉槍指著宇進。

宇進冷冷道:「叫你的手下放下武器,否則我對你不客氣!」

漢斯出奇地鎮定：「如果我說『不』呢？」

宇進扣下扳機，『啪』的一聲，一粒子彈在漢斯耳邊擦過。

「快！」宇進催促道。

漢斯忽然笑起來。

「你笑什麼？」

就在此時，宇進的眼睛捕捉到遠方的樹上有紅光一閃即逝。

那是狙擊槍(Sniper Rifle)的紅外線瞄準器所發出來的光。

身經百戰的他立時條件反射地向地上一滾，剛好避過一顆向他射來的子彈。

子彈射穿了他身後的帳幕，如果他的動作慢個半秒，被射穿的肯定是他的頭。

漢斯趁機一腳向後踹去，宇進冷不防下被他踹得跌回帳幕之內。

「殺了他！」漢斯叫道。

眾兵士一起向帳幕開槍，原本已是燃燒著的營帳更是滿目瘡痍。

在裡面的宇進此刻是進退不得。

闖出去肯定會被亂槍射死；留在原地又遲早會被燒得灰。

火勢越燒越熾烈，帳內溫度直線攀高。

宇進大嘆我命休矣，一聲爆炸從遠方傳來。

漢斯叫道：「發生什麼事？」

「二號通訊車被炸毀了！」

那些兵士還未來得及反應，又有幾聲爆炸傳來，一次比一次靠近。

「所有通訊車和直昇機都被毀了!」

事出突然, 那些兵士無可避免地分了心, 子彈攻勢室了一室。

宇進雖然不知外面發生了什麼事, 但是若他不趁機衝出去的話, 也是死路一條, 故他立即豹子般跳出帳幕外。

就在這一刻, 他見到約在一公里外的半空中有著一輛直昇機正在飛來, 而且它的兩側還在發射著飛彈, 不斷地轟炸著漢斯營地中的車輛。

那是那姆! 宇進認得那是他常用的美國製UH-60黑鷹直昇機, 那麼它射出的必定是美國陸軍常用的反坦克飛彈「AGM-114地獄火」(Hellfire)。

「地獄火」的威力極強, 瞬間漢斯的兵士便潰不成軍。

宇進喝彩的同時, 心中也不免奇怪。

從他發射求救訊號至今不過半小時,那姆住在埃及,到這裡相隔了半個非洲, 他怎可能那麼快到達?

時間不容他多想, 宇進趁機開火, 放倒了圍在漢斯營帳外的十數人, 另外的人也回過神來, 開始向他還擊, 雙方你來我往, 子彈橫飛。

那姆好像也發現了這邊的戰事, 直昇機筆直地向這邊飛來。

宇進且戰且退, 不一會那姆的直昇機已來到他身後的一塊空地上, 緩緩降落。

宇進盡力地再橫掃出一排子彈, 便轉身以最快速度向直昇機跑去。

直昇機側兩扇艙門打開一扇來。

兵士不斷向直昇機開火，宇進冒著槍林彈雨，撲進了機艙中。

還未定過神來，宇進耳邊便傳來一把悅耳的女聲。

「這麼久都不來，我還以為忘了我哩！」

宇進訝然。

「麗娜！」

竟然是麗娜女公爵！

他原本跟麗娜女公爵約好了到蘇格蘭去找她的，而且已經遲到了幾天了。想不到她竟會在這裡出現！

麗娜把宇進拉開，道：「用這個！」說罷不等宇進反應，便把他拉到另外那扇沒有開的門後面一件東西旁邊。

那是一座M134迷你砲（Minigun）旋轉機槍，宇進一聲好，站好位置。

麗娜替他把另一扇門打開，宇進扣下板機，機槍便以每分鐘三千發的高速無情地向敵人射去，敵人立時人仰馬翻。

那姆一扭控制杆，直昇機飛離地面，迅速地沒入黑暗之中。

對方直昇機也都被那姆毀了，想追也有心無力了。

「你怎會在這裡的？」宇進向麗娜問道。

麗娜沒有答他，一把摟著宇進，送上熱吻。

兩唇相接，丁香舌吐，宇進情不自禁地迷醉在她的熱情中。

　　那是令鋼鐵也為之溶化的銷魂一吻，令宇進這兩年半來空虛的心熊熊地燃燒了起來。

　　那姆搖頭苦笑，卻也很替宇進高興。

　　自宇進的前女友維珍妮亞在兩年半前被被班·萊特槍殺後，宇進把感情像木乃伊般給埋在墳墓之中，絕口不提，一個人暗自傷心。

　　直到兩個星期前認識了麗娜，他的心門才再度開啟，迎接新的人生。

　　「對不起，打攪你們一下！」

　　二人依依不捨的離開了對方的唇。

　　那姆問道：「我們要飛到哪裡去啊？」

　　宇進說了亞塔族藏身那山洞的經緯度後，道：「我們最好在遠些降落，免得嚇壞了他們。」

　　「他們？」

　　宇進道：「一切等到了再說吧！」

　　那姆點頭，旋又打趣道：「航程只需5分鐘，你們…夠時間嗎？要不要我飛慢點？」

　　麗娜俏臉飛紅，宇進笑罵：「去你的！」

第十六章・解謎

直昇機降落在距離山洞約三公里遠的一處疏林內。

宇進和那姆合力砍來一堆樹枝和蔓藤把直昇機給蓋著，才向山洞走去。

宇進奇道：「你們怎會來得那麼快？」

那姆一指麗娜：「你問她吧！」

宇進向麗娜看去，她一臉嗔意：「誰叫你遲到那麼久？我只好問那姆你去哪裡了嘛，誰知道他說你到了這種會吃人的地方來。」

那姆攤手：「她立刻到埃及來找我，說要來找你。你發信的時候，我們距離你那地方不過50公里。」

宇進握緊麗娜的小手，笑道：「你們來得真合時，再遲些我可就變灰了。」

麗娜慍然道：「人家擔心死了，你還在說笑！」

宇進和那姆哈哈人笑了起來。

山洞在望。

「他回來了！」

夫迪難掩喜色，一把抓著宇進的肩頭。

宇進拍拍他的手臂：「加魯法呢？」

「我早知你會沒事的!」字進身後響起加魯法的聲音。

宇進轉身,向他一笑後,二人緊緊擁抱。

那姆見到徐文,走過去一拍他的肩頭,笑罵道:「都是你這小子,害我浪費了那麼多彈藥。」

徐文有點不好意思地笑,宇進卻大笑了起來,一副幸災樂禍的模樣。

這時那姆和麗娜才注意到露絲,先是訝於她驚人的美麗,才問道:「這位是⋯?」

徐文俊臉一紅:「她是露絲,是我的⋯我的⋯」說不下去了。

宇進替他解圍:「先別說這個了。那姆,你們的行裝中有急救箱是吧?我們先治理傷患再說。」

在那姆及麗娜的幫助下,傷患都得到了治理。雖然不是十分專業,但在現有的條件下,已是很理想的了。

待治理告一段落時,天也快亮了。

杜杜尼安排了幾個壯丁守著山洞入口後,一干人等圍在火堆旁討論。

「我帶來的藥只能讓那些比較嚴重的傷患暫時緩解若干狀況,我們始終得再替他們找些能派上用場的東西來。」那姆道。

那姆說的是英語,宇進和加魯法負起了翻譯之責。

經宇進的介紹後,加魯法等都知道了那姆是誰,對他也意見也就頗為重視。這時杜杜尼嘆道:「如果『森林之神』仍在的話,我們便不用那麼傷腦筋了。」

宇進沉吟一會，向徐文道：「你父親身體最近怎樣了？」

徐文一愕：「怎麼忽然問我這個？」

宇進蕭然道：「先回答我再說！」

徐文還是愣了好一會兒，才道：「他還好。醫生說他的肺病沒有什麼惡化。」

宇進問：「醫生有沒有說過他有任何像老人癡呆症這樣的癥狀？」

徐文又是一愕：「沒有，為什麼這麼問？」

宇進把和漢斯的對話說了一遍。

眾人聽罷都不出聲，半晌後那姆首先發言：「既然徐教授沒有患老人癡呆症，那就是說那個叫漢斯的傢伙說謊了？」

宇進道：「不，考慮到16年這時間上的巧合，我反而覺得是徐教授在裝癡呆騙他，目的是不讓漢斯得到真相。」頓了一頓，又道：「以漢斯這類人，要查出徐教授兄長失蹤這樣的事是十分容易的。徐教授應該知道這一點，才故意裝癡呆，說上一丁點兒真相，好騙過漢斯。」

徐文仍然未從震驚中回醒過來，茫然道：「我有一個伯父…？為什麼我從來沒聽爸媽提起過…？」

宇進皺眉道：「這也是最奇怪的一點…我不知原因是什麼，但可肯定的是，」宇進一字一頓地道：「徐教授一定知道16年前的事！」

那姆點頭：「不錯。這一切得從他身上解開。」

徐文嘆道：「真想不通，究竟我和16年前發生的事有什麼關係呢？」

宇進道：「照我的推測，16年前的事件中，你、你伯父和漢斯的父親都是中心人物，而關鍵物就是『森林之神』那植物。」

那姆點頭：「我同意。你的伯父和他父親都不在了，所以漢斯只好找剩下的最後一個人，那就是你。」

宇進望向那姆，那姆會意，點了點頭。

麗娜終於開口：「怎麼了？」

宇進握著麗娜的手道：「要解開這謎團，我們非得去找徐教授不可。我們三個人立刻去日本找他，那姆會留下來照顧亞塔族人。」

豈知徐文立即道：「不！要去就要帶露絲一起去！」說罷用力握緊露絲的手，一副世界末日也不會鬆手的模樣。

眾人皆愕然。

還是宇進先開口：「我還未問你，你們是怎樣認識的？」

徐文一愣，仿似從來沒想過這問題。

「這…這…」

「別告訴我你不記得了！」

「真的…不記得了…」

「你到底在幹什麼！」宇進終於忍無可忍，一把揪著徐文的領口，吼道：「我們這裡每個人都在為你的事廢煞思量，亞塔族人還因此非死即傷，你還在做著春夢啊？你是不是想女人想到瘋了？」

徐文還未答話，宇進揪著他的手已被人格開，竟然是露絲。

這時她杏目圓睜，對宇進對付徐文的態度十分憤怒。

所有人都是訝然。

從一開始見到露絲到現在，都沒有人知道她是什麼人。

但非常明顯地，她對任何對徐文不禮貌的人都十分不滿。

宇進沉聲道：「露絲小姐，事關重大，請你別多事！」

徐文鮮少見宇進發如此大的脾氣，事實上他也知道是自己理虧，連忙拉開露絲：「露絲！別這樣！」

宇進卻步步進逼：「露絲小姐，我不知道你們是什麼關係，但我希望你能告訴我你是什麼人！」

露絲仍然是在瞪著宇進，卻不發一聲。

宇進雖然生氣，但也無損他的智慧，他忽然醒覺一件事。

從第一次見到露絲至今已有差不多兩天了，卻從未聽過她說過半句話。

這女人是什麼人？她一出現，徐文便著了魔似的，離開了他最愛的植物考察、對時間失去了觀念、對外面的一切幾乎完全沒了警覺性！

那姆見形勢不妙，走過來打圓場，拍著徐文的背道：「你也真是的，怎可以連這種事都可以忘啊？」

徐文像是努力地回想：「我不知道，一切都像是在夢中，迷迷糊糊的發生，然後突然回醒時，便見到進了。」

眾人不禁同時向露絲望去。

難道她會巫術不成？

宇進心知她大不簡單，但看來她很聽徐文的話，把她也帶去的話應該不會有問題。

他轉身過去：「我們明早出發！小文，露絲小姐就交由你負責了！」

次晨，宇進、麗娜、徐文和露絲乘那姆的直昇機到埃及去。

那姆在宇進等離開的同時，帶領亞塔族人移師到另一個隱蔽的地方去，至於是什麼地方，連宇進也不知道。等他們找到地方穩定下來後，那姆自然有辦法通知他。

那姆已先一步把直昇機上可以用的東西都搬了下來，並教懂了亞塔族人如何使用現代武器，這麼一來，亞塔族人的戰力將大大提昇。

而且那天晚上那姆把漢斯的通訊車和直昇機都給炸毀了，就是他要進行搜索也有心無力，故宇進等可以安心去拜訪徐文的父親。

那姆在非洲人面極廣，與大部份地區的軍界都有著良好的關係，因此直昇機越過邊境時，這些國家的駐邊關軍隊都會放它過去，省卻了宇進不少麻煩。

唯一的麻煩就是露絲毫無身份證明，從埃及開始的旅途頗有障礙。幸好宇進對於製造假護照等事情很有經驗，問題倒也不大。

過了十個小時的航程，一干人等到了那姆在埃及南方的秘密巢穴內。

那姆的這個巢穴外表十足像一個破廢的舊倉庫，但地底卻是別有天地。

他們會在這裡休息一天後，才往日本去。

待宇進把直昇機收進收納庫後，天色已昏黃，他帶領麗娜等進入了地下基地。

宇進曾在這裡住過一陣子，很熟悉這裡的環境。他先給徐文安排房間，誰知露絲一步也不肯離開徐文，宇進只好由得他們擠在一起。

給麗娜安排她的房間時，麗娜問：「你呢？」

宇進一指隔壁的門：「就在你隔壁。」

麗娜幽怨地望了他一眼，沒有說話。

待他們洗了個熱水澡後，宇進已經準備好了晚餐。

那姆這裡的物資十分充裕，隨隨便便可以讓十來人在這裡住上三、四個月。

麗娜和徐文都是富家子女，從來都不需親自下廚，所以儘管宇進的廚藝並不十分出色，卻已比他們好多了。

「那姆這裡有著一些備用的假護照，只要我稍為加工一下，露絲小姐過關便不成問題了。」

徐文喜道：「那太好了！」

宇進盯著他：「小文，給我老實說，你為什麼會離開考察團？」

徐文一呆：「啊？」

宇進嚴肅地道：「因為你擅自離開團隊，才導致漢斯出動武力對付亞塔村。雖然你不是故意的，但那些無辜的村民始終是因為你而犧牲了。事到如今，難

道你仍只願沉迷在自己的世界中，選擇不負責任，罔顧周圍的事嗎？」

這番話說得頗為嚴重，徐文不得不認真地思索起來。

「奇怪…我對那時候的記憶很模糊…」

宇進知道事不尋常，引導徐文道：「跟據祖斯所說，當時你身上幾乎什麼也沒有帶，只有幾個用來收藏標本的瓶子和一部對講機，你是怎樣撐過這十幾天的？」

這一招倒還管用，徐文「啊」的一聲：「對了，那天我準備採集一些標本的，忽然間聽到一把聲音在叫我，之後我便迷迷糊糊的向前走了……」

麗娜一臉疑惑：「一把聲音在叫你？是誰？」

徐文眨著眼：「我也不知道，當我走進叢林後，便見到露絲了！」

宇進和麗娜愕然道：「什麼？」

第十七章•驚變

二人愣了半晌，宇進轉頭望向露絲：「露絲小姐，這究竟是怎麼一回事？」

露絲絲毫沒有開口的意思，只是用她那一雙清澈無比的大眼睛一瞬不瞬地看著宇進。

徐文見形勢不對，忙向宇進道：「進，別再逼她了，她說不出來的。」

宇進一呆：「為什麼？」

徐文道：「露絲不懂說話的！」

宇進和麗娜錯愕半晌，才歉然道：「對不起…」

但宇進隨即發覺不對勁，道：「不對啊…那麼你這些日子是怎樣和她溝通的？」

徐文眨眨眼：「我也不怎麼清楚…總知我一看著她的眼睛，就明白了她的意思。」

宇進與麗娜互相對望，齊聲道：「什麼意思？」

徐文攤手：「我也說不上來，總知就是這樣。」

二人為之氣結。

宇進道：「之後呢？你就這樣迷迷糊糊的過了十多天了？」

徐文點頭。

宇進向露絲望去：「露絲小姐，請你解釋一下吧。」

露絲臉上露出不屑之色。

徐文也道：「露絲! 這一切都是我們引起的, 你就說吧!」

露絲仍然沒有任何表示, 卻向徐文望去。

徐文刹那間明白了她的意思, 向宇進和麗娜道：「露絲說她現在沒有辦法令你們明白, 但是她會努力。」

二人一愕。

他們真的可以憑眼神交流?

她這樣說, 宇進和麗娜倒也不好意思再逼問, 宇進道：「那好吧, 我們先搞清楚你伯父的事情再說吧。」

半夜。

宇進獨自在倉庫的屋頂上一邊抽著煙, 一邊坐著看星星。

今晚的星光很是燦爛, 他可以毫無困難地找出88個星座當中最小的南十字星座來。

究竟露絲是何許人? 為何她會突然出現在徐文面前?

雖然說因為她的出現令亞塔族人蒙受了飛來的橫禍, 但是也是因為她, 徐文才不致於落在漢斯的手裡。

足音在身後響起。

「你也睡不著嗎? 女公爵。」宇進不需回頭也知道那是誰。

上一次在伊拉克的別墅時，宇進也說過一模一樣的話。

麗娜微笑：「你還是那麼敏銳呢。」說罷貼著宇進坐下。

宇進拿過身邊一罐汽水遞給她：「他們呢？」

麗娜道：「他們進房間後便……」臉上一紅，說不出口。

宇進當然明白，可是他腦海裡想到的卻是別的事情。

露絲的出現不僅打亂了漢斯的計劃，還打亂了徐文的生活。

徐文一向對感情之事行規步矩，何以獨對這來歷不明的女子無法自拔，竟致終日只顧嬉戲？

他曾經說過，他的理想是成為一名能夠以研究來造福人群的植物學家，難道他就從此放棄理想？

這時麗娜靠了過來，雙手纏上了宇進的臂彎。

宇進吻了她面額：「怎麼了？」

麗娜低聲道：「你…是不是還惦記著維珍妮亞？」

宇進一震。

麗娜當然能感覺到，她鬆開了手，幽怨地看了宇進一眼後，站了起來。

「你知道嗎？自從我們逃出空中花園後，我整個心裡都是你……我也不是想跟她爭，只是……唉，算了吧。」說罷麗娜轉身過去。

宇進按耐不住心火，叫道：「麗娜！」

話未畢他已一把抓住麗娜的小手，把她拉得倒在自己的懷裡。

「你…! 唔!」在麗娜的抗議前,宇進已把她的小嘴給封住了。

一開始麗娜還在掙扎,但很快地便被宇進的熱吻給溶化了,二人就在倉庫的屋頂嘴舌交纏,滾來滾去。

當他們喘著氣分開時,都能夠感受到對方激動的心跳。

「今晚的星星那麼美,我們實在不應該浪費,你說是嗎?」宇進在麗娜耳邊道。

「嗯…」麗娜全身軟綿綿的,一副隨你便的樣子。

言語在此刻是多餘的了。

靠著那姆基地中的資源,宇進為露絲偽造了一本南美某國家的護照,估計可以用上一陣子。三十個小時後,他們已到了徐文父親休養的「小國療養院」。

這間療養院的病人都是非富則貴的,所以構造也就有別於一般療養院。它雖然只有不到50名病人,但它的總面積卻有300公頃。

它的「病房」其實就等於一間三層樓高的別墅,各佔地三千平方呎以上,能夠讓病人的家屬同住,方便照料。

像徐文的母親便是住在這裡。

這時徐瀚博士正在自己的花園中,與妻子一邊喝著茶,一邊享受著柔和的陽光。

徐瀚博士已年屆六十,樣子跟徐文很像。徐夫人雍容華貴,一看便知是書香出身。

麗娜暗咐難怪可生出像徐文這種秀氣的孩子來。

「爸! 媽!」

他們見到徐文和宇進的到來，很是驚訝。

更驚訝的是他們各自拖著一名女子。

徐瀚和妻子的接下來的反應卻很奇怪，他們見到露絲時竟然叫出來：「瑪麗？你…！？」但旋即大搖其頭：「不可能…！」

徐瀚深深吸了一口氣，道：「你們怎麼來了？發生了什麼事情嗎？」他聲音低沉有力，令人感到他堅毅的性格。

徐母雖然驚訝，但見到兒子總是滿心歡喜。她走了過去拉著徐文：「來！先坐下吧！」

徐文和露絲坐下後，徐母移座到徐瀚身旁，拉過身旁的幾張椅子給宇進和麗娜。

眾人坐好後，徐瀚先向露絲望去：「這位是你女朋友嗎？」

徐母笑道：「小文終於交女友了，這次是專誠來讓我們見見的嗎？」

徐瀚博士深知兒子的性格，不會做這種無聊的事。像這樣突然的造訪是破天荒的頭一次，肯定是有事情。

至於宇進，上次他造訪自己的時候已經是幾年前了。那時在他身邊的是一個短髮女孩，不過後來聽兒子說她在兩年半前因故去世了。

徐文向宇進望去，見宇進點點頭，便鼓起勇氣問道：「爸，我是不是有一個伯父？」

徐瀚和徐夫人雙雙一震。

好半晌後，徐瀚才深深地吸了一口氣，平靜地道：「你都知道了嗎？」

徐文大搖其頭:「我什麼都不知道,我想你告訴我有關他的事。」

徐母面上現出了很難過的神色,徐文想安慰她,出奇地露絲竟先他一步把手放在徐母的手背上,輕輕拍著。

這比什麼安慰的言語都有用,徐母捉著她的手,報以感激的一笑。

徐瀚道:「你先告訴我你怎樣知道他的事情的。」

宇進道:「讓我來說吧!」

徐文求助地向他看了一眼,宇進知道他是不想讓他的父母親知道他拋下考察團, 終日只顧與露絲嬉戲的事,所以狠狠地瞪了他一眼,點了點頭。

當宇進說完整件事後,天色已漸沉。

徐瀚聽罷,合上兩眼。

「不錯,你是有一個伯父。」

徐文道:「那為什麼你從不告訴我呢?」

徐瀚搖頭:「不是我不告訴你,是你自己把他給忘了。」

徐文不能置信地道:「從小到大的一切,我都記得清清楚楚,就唯獨不記得有一個伯父?那可能嗎?」

徐母這時候才開口:「那是因為激烈的碰撞,令到你腦袋中其中一部分的記憶給消除了。」

徐文嘴巴顫抖著,好半響才道:「到底是怎麼一回事?」

徐瀚向妻子示意去替他們泡幾杯茶,才道:「事情得從頭說起……你的伯父比我大六歲,他的興趣是研究各種各樣的奇異事物,植物學只是他其中的

一樣興趣。然而，他的天分極高，而且不喜歡照本宣科的學習，整天周遊列國，所以他雖然有著驚人的學識，但卻只得到一個植物學學士的文憑。

「他沒有結婚，但卻有一位戀人。她叫瑪麗，是瑞典人，比他小上12歲。17年前她患上了一種罕有的病症，身體機能漸漸衰弱。你伯父幾乎踏遍全球，也找不到令她復原的方法。」

徐文問道：「你剛才叫露絲做『瑪麗』，是因為她們倆長得很像嗎？」

徐瀚又看了露絲一眼，嘆道：「不是『很像』，簡直就是一模一樣。」

眾人一愕。

「那不可能吧？」

這時徐母把茶端來了，宇進謝過後喝了一口，道：「之後呢？」

徐瀚續道：「有一天，大哥忽然間出現在我們家，那時小文快滿13歲。」頓了一頓，道：「他告訴我說，他找到了能夠治好瑪麗的方法，然後就打開了他帶來的文件袋，拿出一大疊照片來。照片中拍的都是一株植物，並不是很高，類似玫瑰花朵，但花瓣卻幾乎是透明的。」

宇進和徐文對看一眼。

「他說，這是非洲某一族土人口中的「神」，有著治愈一切傷痛病毒的奇效。他打算致力研究這神奇植物，令瑪麗復原。他把這植物定名為Rosa Caelestis，意思是『自天上來的玫瑰』。」

宇進想起在漢斯營中看到的那一份報告。

徐瀚續道：「我們那時也很替他高興，說會等他的好消息。他三個月後通知我們，他的研究快有成績了，瑪麗卻等不到那一天，就這樣先去了。

「那時我在南美剛發現了那新的放射性礦石。在聽到這個消息的一個月後，他忽然到我的發掘場來找我。他說當初他要研究那植物時，是有找到資助者的，但是現在他們卻反口說要獨占研究成果，以此收取暴利。你伯父無法認同，把研究成果收藏妥當後偷偷的離開了。他知道早晚會有人找上門來，所以先來警告我一聲。　他身上帶有瑪麗的血液樣本，準備送到美國作進一步研究。」

宇進聽到這裡，問了一句：「他的資助者是珈瑪國際醫藥企業吧？」

徐瀚點頭：「不錯。跟他聯繫的人就是那個叫漢斯的人的父親。」

宇進點點頭，徐瀚又道：「不巧的是，小文和翠雁剛好這個時間也在南美來渡假。」翠雁是徐母的名字。

宇進「啊」一聲的叫了出來。

徐瀚嘉許地望向宇進：「小進可是想到發生什麼事了嗎？」

宇進點頭：「小文當然是被抓為人質了。」

徐文張大了口，說不出話。

要是真的發生過這樣的事情，為何他一點也想不起來？

「你猜得對。翠雁和我在一起，所以他們只能抓小文。當我們知道這個消息時，真的六神無主，擔心得要死。可那個混蛋不只是要你伯父的研究成果，甚

至還要我把那礦石交給你伯父，要你伯父單獨去見他們。

　　「你伯父也知道那是唯一的法子，所以就單獨去了他們的指定地點，上了他們的飛機。誰知道，我們得到的下一個消息，就是飛機在非洲墜毀了！」

第十八章・危機

「飛機墜毀了?那伯父他…!」

徐瀚搖搖頭:「按照剛果警方的報告,飛機墜毀在剛果森林的中央部份,而飛機上有明顯打鬥的痕跡。奇怪的是,當你被找到的時候,已經是3天后的事情,你伏在一根很大的樹幹上,在剛果河上漂流著。剛果警方懷疑你是被森林中的原居民所救。」

徐母這時才開口:「你昏迷了十多天才醒過來。可是你醒過來後,整個人變了,沒有動作,沒有說話,甚至沒有表情,我們都擔心死了,害怕你因為撞傷了頭而變成了植物人。醫生說你受了超越忍受極限的刺激,腦部運作暫時停止,直到半年後你才恢復原狀。」她一邊說,一邊愛憐地撫摸著徐文的手。

徐瀚道:「你復原後,對於半年前的事情毫無印象,甚至連有一個伯父也不記得了。醫生說這是屬於心因性失憶,你的腦海裡有關你伯父的記憶都忘記了。他也說過通常這是由於刺激太甚造成的,盡可能不要讓你有機會回想起來。考慮到你往後的生活,我和你媽決定把家裡所有有關你伯父的東西全都藏起來,也叮囑親戚朋友們別要在你面前提起。」

徐文感受到他們的用心良苦，分別握著他們二人的手，點了點頭。

有關徐浩的事，總算知道了一個大概。

宇進問道：「徐伯伯，那麼你大哥留下給小文的那一份文件，究竟是什麼東西？」

「我也不知道，因為遺囑上寫是給小文的。只是因為他的失憶，我一直把它留在劉律師那裡。我們家和劉律師認識很久了，劉律師是個很可靠的人，他肯定不會讓漢斯得到那份文件的。而且他和國際警方關係很好，諒漢斯也不敢對他怎樣。」

徐文問：「那麼那文件現在在哪裡？」

「香港。我等一下就給你地址。」

宇進道：「徐伯伯，你的那塊礦石是後來找回來的嗎？」

徐瀚搖頭：「不，那一塊已經遺失了。我是在小文復原後回到南美，重新發掘，才找到拿來發表的那一塊。」他望向徐文：「你還記得我為它取的名字嗎？」

徐文點頭：「記得。它叫Germarimetallum。」

徐瀚嘆了一口氣，道：「這是我為了紀念你伯父和瑪麗而替它取的名字。Ger是Gerald，你伯父的英文名，而mari是Mary的同音。」

宇進道：「Metallum是拉丁文『礦石』的意思。」

徐瀚點頭。

宇進和麗娜對望一眼。

剩下的謎仍然很多，但總算了解16年前事情的始末。

徐文16年前如何在空難中倖免、「森林之神」為何消失，暫時還是茫無頭緒。至於露絲出現後的十多天究竟發生過什麼事情，只有等她自己透露了。

反正有著空的房間，宇進等便在療養院住一晚。

有父母在附近，徐文倒也不敢放肆，與露絲一起幫忙徐母做飯。雖然露絲的容貌讓他們疑惑，但是瑪麗畢竟已去世了多年，兩個人不可能有什麼關係。

麗娜也很想學學東方的菜色，所以也跟著徐母學習。徐瀚兩夫婦本來就很疼宇進，所以對麗娜也很親切。

徐瀚邀宇進陪他散步，宇進欣然答應。

「你們倆別太晚回來，快開飯了！」徐母道。

二人應諾著，在草地上慢慢走著。

斜陽照在草地上，形成了綠和黃的交錯，令人眩目。

走了約5分鐘後，徐瀚道：「你是不是有什麼事情要問我？」

宇進眼眉一挑：「你知道我有事情要問你？」

徐瀚一笑：「小文可能會忽略過去，可我知道你不會這麼輕易放過我的。你是想問漢斯的事情吧？」

宇進點點頭。

「當他來到我面前的時候，我就有了防範。我故意扮作患上老人癡呆症，把他引到了院長的地方去，這麼一來，他就不能對我用強。我擔心他會在事後調查，所以主動地說了一點點16年前的事，直到他肯定了在我身上不可能得到什麼為止。」

「原來如此…我明白了。只是現在那植物已經不見了，就是把報告拿到手也沒有東西可以研究。」

徐瀚聳聳肩，表示無可奈何，旋又道：「小文要到香港去，你得幫我看著他。」

「放心吧，我不會讓小文有事的。一拿到那報告我便帶小文離開。」

徐瀚對宇進信心十足，拍了拍他的肩旁。

「我覺得……那個叫露絲的很不簡單，你得小心點。」

宇進微笑道：「我也是這樣想，你放心好了。」

遠方傳來徐文的叫聲：「你們倆！吃飯了！」

香港之行並沒有什麼驚險之處，但宇進擔心對方找上門，和徐文拿到文件後，便帶著大夥兒立即飛離了香港。

他們本來想先看文件的，豈知那是舊得不能再舊的五吋長磁碟，哪裡去找閱讀這種東西的機器？他們只能暫時擱下。

麗娜提議把大伙兒帶到她家去，可是宇進擔心那姆一個人應付不了，便打算回去幫他，麗娜自然同行。徐文對連累了亞塔族一事很是內疚，要求宇進帶他們倆口子同往，宇進見他態度堅決，也答應了他。於是目的地就改成了那姆的秘密基地。

一路上宇進都在暗中觀察露絲，只見她對非洲森林外的一切都很好奇，不斷向徐文提問，彷彿從來沒有踏出過森林似的。

這是很奇怪的一點。

露絲的外表完全就是一個純正的歐洲女性，皮膚光滑如雪，不像是在非洲長大；但她偏偏對非洲之外的一切陌生無比，難不成她是那種從小就被關起來撫養的溫室花朵？

麗娜見到宇進整天盯著露絲，酸溜溜的說：「你比較喜歡金髮的女孩嗎？」

宇進看到她眼中的妒意，失笑道：「你在說什麼呀？」

麗娜嘟起了小嘴：「不是嗎？那你死盯著人家幹什麼？」

宇進聽得啼笑皆非。

女人就是這樣，無論之前再怎麼堅強，等有了可依靠的男人後，都會變成依人的小鳥。想想麗娜以前是一副女強人的摸樣，但是一旦跟自己好了之後，就開始會吃醋了。

宇進一手抄過麗娜的腰肢，吻在她唇上，令她嬌羞不勝，然後才在她耳邊小聲說他對露絲的懷疑。

麗娜這才知道自己錯怪了宇進，羞紅著臉道：「對不起…」

宇進捉狹道：「也多虧你吃醋，我才知道你多著緊我呢。」

麗娜臉紅得直到耳根，大叫不依，宇進樂得哈哈大笑。

還有一個多小時飛機便會在開羅降落了。

眾人無驚無險地回到了那姆的秘密基地內。

出乎意料地，宇進借用那姆的電腦檢查電子郵件時，發現那姆給了自己留言，那是7個小時前的事情。

　　宇進打開了那留言的電子檔，那姆的聲音在電腦裡透出來：「小進，杜杜尼把亞塔族全員帶到了別的地方，距那山洞東北方40公里，經緯度是⋯⋯。這地方非常隱蔽，應該不會被找到。不過這裡非常缺乏醫療用品，請儘快安排運送大量過來。」

　　錄音到此為止。

　　宇進道：「看來那姆那邊需要幫忙。現在亞塔族所在之處很是理想，但仍有族人需要救治，我們得儘快給他們運送一些醫療用品。」

　　說罷他啟動那姆的衛星系統，依照那姆提供的經緯度進行搜索。

　　麗娜擔心道：「但是漢斯始終是在尋找他們，萬一真被他找到了怎麼辦？」

　　宇進豪情一笑：「你忘了我們是怎樣打贏巴特的嗎？」

　　麗娜一想也對，上次只有她、宇進和那姆三個人，便擺平了巴特100人的佣兵團，可見勝負並非只看兵力的多寡。

　　「今晚我們就好好休息吧。」宇進看著麗娜那迷人的大眼睛：「會怕嗎？」

　　麗娜媚笑道：「有你在，我不怕！」說罷雙臂纏上了宇進的脖子，二人熱吻起來。

　　「嘟嘟⋯⋯」那姆的衛星系統響起奇怪的聲音。

　　「這是怎麼回事？」

　　宇進打開螢光幕，發現了那姆所在的東南方那邊集結著龐大的人群。他們集結在亞塔村東面40公里，兵力並不比上次在亞塔村駐紮來的少。「漢斯果

然厲害!這麼快就重整了兵力!難不成他的巢穴就在附近?」

宇進再往東推一些,在100公里外又發現另一團人。從距離上推斷,應該是上次宇進掉下的那條河的再上一些。

宇進把衛星影像放大,見到100公里外那地方是一堆建築物,有十多棟小型的圍繞著一棟非常大的。

「果然有着巢穴,奇怪…看下去又不像是兵營…」宇進喃喃道。

這時徐文的聲音響起:「咦?這看起來為什麼那麼像德國的威斯巴登(Wiesbaden)研究所?」

宇進和麗娜看著他,宇進訝道:「像德國的威斯巴登研究所?那是什麼地方?」

徐文道:「我只到過一次,那次是為了聽知名植物學教授孟法博士的演講而去的。威斯巴登研究所是德國很有名的疾病研究所,出過好幾位諾貝爾得獎者。它主樓旁的建築物全都是病毒的研究室。」宇進點點頭,指著熒幕:「你說它像威斯巴登研究所,那是指建築物的分佈是嗎?」

徐文道:「看規模,這個倒是小了一點。但是…」然後他好像想到什麼似的,皺著眉不說話。

宇進問:「怎麼啦?」

徐文臉色凝重的說道:「那些小型的研究室是為了研究病毒而特別建造的,都用上了BSL3的設備,只有最後的那一間用上了BSL4的最高防護實驗設備。那間BSL4實驗室是後來才擴建的,落成不到3年,我去的時候它還沒在。」

BSL全名為BioSafety Level, 就是「生物安全等級」。它一共被分為四級, 以表示該實驗室的安全程度。它的等級是與生物危害等級(Biological Hazard Level) 相應的。 BSL4實驗室就是專用來研究被稱為「最危險」的第四級病毒或微生物, 如令人聞風喪膽的伊波拉病毒(Ebola Virus)和漢他病毒(Hanta Virus)等等。

徐文指著熒幕:「這地方就像加上了BSL4實驗室之後的研究所, 所以⋯裡面可能也有著一個BSL4實驗室。」

麗娜道:「會不會只是模仿外表而已?」

徐文搖頭:「那些實驗室都是特別設計的, 如果不是為了研究病毒, 那幹嘛要模仿它呢?」

宇進驚道:「你懷疑漢斯他們正在秘密的研究新病毒?」

第十九章‧顯靈

徐文點點頭。

宇進現出從未見過的凝重神色。

「你想到什麼嗎?」麗娜問。

宇進肅容道:「漢斯的曾祖父是希姆萊的手下,說不定他留下了什麼資料,有關一些未實行的病毒研究計劃……要知道他可是有史以來最大的儈子手。」

徐文和麗娜忍不住打了個冷顫。

「看來我們太小看漢斯了,我們得盡快趕到那姆那裡去。」宇進向徐文道:「這太危險了,你還是替我看守這裡比較好,我和麗娜會盡快趕過去。」

徐文搖頭:「不,我也要去!」

宇進臉一沉:「你去有什麼用? 那可不是鬧著玩的!」

「我知道!」徐文盯著他道:「可事情是因我而起的,我不能坐視不理! 哪怕只是一點點,我也想幫忙!」

宇進認識他那麼久,從來沒看過他表現得如此強硬,道:「這很可能會有生命危險的!」

他答應過徐瀚,不會讓徐文踏入危險之中,所以他此刻很是反對。 徐文也明白宇進是在擔心他的安全,一搭宇進肩頭:「有你在,我不怕!」

　　宇進一愕，在旁邊喝著水的麗娜幾乎連口中的水都噴了出來，大笑了起來。

　　徐文奇道：「我說錯什麼了嗎？」

　　宇進瞪了麗娜一眼，道：「沒事！算了…你早點休息吧，我們六小時後出發！」

　　宇進駕著那姆的直升機，越過了剛果的邊境。

　　這次他駕駛的是美國製造的大型運輸直升機「Boeing-234」，那是因為它的載客量非常巨大，他甚至把一輛吉普車給拆開放在機上，打算到步時再組裝起來，可省下很多腳力。

　　啟程前他從那姆的儲藏室中拿了大量的武器和彈藥，並依照那姆的吩咐帶上了幾個特定的箱子，而且教會了徐文一些開槍的基本知識。

　　至於露絲，則拒絕學任何有關武器的事情。

　　「露絲從不殺生，所以她不喜歡武器。」徐文道。

　　「那你們那十多天怎麼過活？」宇進愕然問。

　　「我不知道，她偶爾會出去屋子外，回來時就會帶來很多能吃的東西，有番薯、蜜糖、甚至 些沒見過的果實。」

　　「你身為植物學家，有那麼好的機會也沒有去研究一下那些果實是什麼？」

　　徐文一陣臉紅：「我…我沒有想過…」

　　宇進狠狠地瞪了他一眼。

　　真不知道這傢伙都在幹什麼！

　　直升機降落在距離那姆等的藏匿處約20公里外一處樹木沒那麼茂盛的地方。宇進等把車子給組裝好後，便向那裡進發。

　　前進不了多久，宇進便突然大叫：「坐穩了！」然後一扭駕駛盤，車子橫撞向一旁的一堆密集的叢林內，再猛然剎車。

　　其餘人冷不防下都被撞在前座上，好不疼痛。

　　「什麼事？」麗娜叫。

　　宇進不答，反而做了一個「禁聲」的手勢，再指了指天上。

　　眾人這才開始留意到，遠方的天空有著「紮紮」的引擎聲。不一會兒，他們的頭頂便有兩輛直升機飛過。

　　麗娜小聲道：「跟那晚的是一樣的型號。」

　　宇進點頭：「我們好像來晚了。」

　　等到直升機飛遠後，徐文問：「他們沒有發現我們吧？」

　　宇進搖頭：「應該沒有⋯否則他們應該下來了。走吧！」

　　沿途上又碰上了不少巡邏的直升機，都被宇進巧妙地躲過了。

　　當他們到達藏匿處的入口地帶時，宇進不禁讚歎這入口建造的巧妙。若非那姆提供了精準的經緯度和進入的方法，真有可能花上一年半載才能夠找到入口。

　　它的入口是在一條山谷中小河的河水裡面，位於水位之下。小河的兩邊有著險削的石山，聽說藏匿處就在其中一面石山的內部。

　　入口被造成類似水瀨巢穴的摸樣，必須從水中穿過一道「門」，才能到達另一處乾地。

　　這樣子設計的入口，不是自己人，誰能想到呢？

　　宇進等把車子用樹葉和枯枝掩蓋好，每個人都背上了裝有大量醫療用品的防水背囊，魚貫潛進水中。

　　宇進想起亞塔村的入口，也是一樣的在水中，心想這民族一定是有著把入口放在水裡的傳統。

　　宇進帶頭向水底的某一個洞口游去，其他人緊跟其後。

　　水中隧道並不長，只有僅僅15公尺，那姆早就說得很清楚，所以他們並沒有戴上氧氣筒。

　　「嘩啦嘩啦！」

　　升上水面後，把守的人立即嚴陣以待，其中一人赫然是夫迪。

　　「宇進？」

　　片刻後，宇進等人都換上了乾衣服，大夥兒就在杜杜尼的「草屋」前談著。那姆帶領著夫迪，把醫療用品給分配給村民們。

　　這山洞非常廣闊，令宇進想起了空中花園來，麗娜顯然也想到同一樣東西，拉起了他的手。

　　諾大的地方只有一個水池，不比普通游泳池大，其他地方都只是平地。這時所有亞塔族人都已搭起了草屋，並點上火把，山洞內光線搖擺不定，很是詭異。洞頂有著蠻大的一個天窗，但是卻幾乎被樹葉

和藤曼給遮掩了，想要從空中發現這地方，純粹只能靠運氣。

宇進說了目前的發展，道：「現在外面有著漢斯的軍隊，我們要盡量避免外出和喧嘩。糧食你們是怎樣解決的？」

加魯法道：「我們從之前的山洞裡帶來了很多糧食，省著吃的話可以捱上一個月。」

宇進點點頭。

杜杜尼看著徐文：「我救的小孩原來真是你！」

徐文嘆道：「可惜我已記不起來了。」

「你旁邊的男人不知道是不是你的伯父？」

徐文搖搖頭，他實在是記不起來了。

宇進問加魯法：「你們是怎樣找到這裡的？」

加魯法一拍杜杜尼的肩膀：「幸好杜杜尼記得我們小時候有來過。聽說我們的祖先都是住在這裡的，後來不知為了什麼原因而搬遷到那裡去。」

宇進想了一想，道：「我看很有可能是因為人口太多。因為『森林之神』的關係，你們的死亡率變得很低，時間久了就變成了人口過分膨脹，才不得不遷移。」

一提起「森林之神」，杜杜尼現出了相當悲哀的神色：「可惜現在『森林之神』不見了。」說罷他看了外面一下：「有很多人都傷的很重，不知道還能撐多久。」

徐文也嘆道：「全都是因為我⋯」他向杜杜尼望去：「如果有什麼我可以幫忙的話，我一定會盡力。」

見到徐文那麼難過的摸樣，露絲握著他的手，安慰著他。

杜杜尼嘆了一口氣，不再說話。

翌日。

「喂！你們快來看啊！」

那是夫迪，他在其中一間草屋裡，屋裡放著五個重傷昏迷的村民。

其他人聞聲而至，杜杜尼斥道：「幹嘛大呼小叫的，有什麼事？」

夫迪口顫抖著沒有說話，只是指著那幾個傷者。

「怎麼啦？」杜杜尼不耐煩地問。

加魯法卻沒有再問，蹲下來替傷者檢查。

「我的天！」

「什麼事？」杜杜尼驚訝。

「他⋯他的傷⋯好了！」

眾人都是愕然。

那姆向宇進等打個眼色，宇進等分別去檢查其他的傷者，發現他們的傷也一樣全好了。

「究竟發生了什麼事？」麗娜問。

加魯法不能置信地道：「昨晚他們仍然是在垂死邊緣，才一晚就⋯怎麼可能？」

杜杜尼跪了下來：「森⋯森林之神！」

加魯法醒悟：「只有吃下了神的種子，才會痊癒得那麼快！」

宇進等也是詫異的說不出話來。

難道真的是「森林之神」顯靈了？

那姆凝重地道：「先別下定論，先替他們做一次詳細的檢查再說。」

經過詳細的檢查，那姆確認了那幾個重傷者不但脫離了危險，而且幾乎都痊癒了。

儘管宇進等一直在聽亞塔族人歌頌著「森林之神」的力量，可他們始終是抱著半信半疑的態度，認為那實在是太不可思議了。

但是在這一刻，他們一直以來對「現實」那根深蒂固的認知被動搖了。

「這…實在是太難以相信了！」麗娜道。

宇進問夫迪：「昨晚你們有沒有發現任何異狀？」

夫迪搖搖頭：「沒有。我和達德一直守在洞口，沒有發現任何異狀。」

宇進道：「那可奇怪了……」接著他向那姆打了一個眼色，道：「現在想也想不出來，只好看著辦了…」

夜裡。

一個人影無聲無息地閃進了另外一間傷者的集中營內。

就在那人在其中一位傷者身上不知道動了什麼手腳後，一把聲音突然從那人身後響起。

「果然是你搞鬼！」

那人轉過身來，見到說話的人正從草屋內的一個角落站起來，正是宇進。

「我在這裡等了一個晚上了。昨晚的事也是你幹的，對吧？露絲小姐！」

那人不是別人，正是露絲。

只見她一點怍色也沒有，表情平靜如昔。

「既然你有方法令他們痊癒，為什麼要偷偷摸摸的？」

露絲仍然沒有表情。

宇進想起徐文說過她不會說話，正苦惱著要怎麼樣和她溝通時，徐文等人已趕到。

「露絲?」徐文不能置信地叫道。

一干人等都有點不知所措。

麗娜好像發現了一些事，叫道:「你們看!」

眾人不約而同地向她所指的地方看去，看見剛才被露絲動過手腳的那傷者的傷口，竟然慢慢的癒合起來。

「這…! 你做了什麼?」徐文張大嘴巴問。

宇進「咦」的一聲，把露絲的兩臂給提上來，露絲也不掙扎。

「進! 你在幹什麼?」徐文叫。

「你看!」

只見露絲的右手拿著一把小刀，左手食指指尖被割破了一個口子，血正在往下滴。

宇進再看看那傷者的傷口，看到上面有著血濺的痕跡，得出的結論令他一震。

「你…把血滴在傷口上面，讓它復原?」

露絲仍然沒有表情，但是宇進從她的眼神中感到她對自己的讚賞。

「碰!」

杜杜尼等亞塔族人都跪了下來。

「森林之神…!」

第二十章·奇緣

其他人都是愕然:「森林之神?」

宇進不自覺地放開了手,後退了一步。

「這…這…!」無論是徐文還是宇進,都難以相信。

露絲沒有再理他們,徑自走到另一個傷者旁邊,把手指上的血滴在他的傷口上。

在所有人目瞪口呆下,那足有5寸長的傷口慢慢地合上,在不到三分鐘的時間內變成了一條淡淡的疤痕。

所有人都沒法反應。

「真的是神!太好了!您終於回來了!」杜杜尼道。

宇進等人都是驚訝得說不出話來。

「森林之神」不是一株植物嗎?為什麼會變成了人樣?

宇進想說話,露絲向他望來。

就這麼一眼,宇進便清楚地了解到她是在叫自己別急,一切等她救人後再說。

他自己也說不出何以他只憑一眼便得到那麼多訊息,但他又肯定露絲是這個意思。

他向她點點頭，帶著麗娜和那姆出了草屋，任得亞塔族的幾個人在裡面膜拜。至於徐文，他不願離開露絲，宇進也由得他。

等了15分鐘，露絲已替剩下的重傷者給「治療」完畢，她走到水池旁邊，凝望著水裡。

這水池其實並不深，水深只及腰，只是山洞內光線不足，看下去顯得很暗而已。

不知是否因為知道了她的身份，杜杜尼等都不敢再靠近她，不知道跑到哪裡去了；連徐文都變得戰戰兢兢，只敢站在她的身後，默然無聲。

宇進等三人走到徐文身旁。

露絲轉身過來，揮揮手示意他們坐下。

眾人坐下後，露絲把手伸出來。

眾人強烈的感受到她是要大家把手搭在上面。

徐文先把手放上去，然後是宇進、麗娜和那姆。

就在這一刻，所有人的腦海都出現了很多影像。

他們看到有一個四十多歲的男人和另一個人在打架；又看到他懷裡抱著一個十多歲的孩子，在森林裡奔跑著；然後他們看到那小孩把背囊裡的東西全部翻了出來。

然後看到那個孩子昏倒在地上，那男人把他背起走掉。之後他們看到了身穿探險服裝的徐文⋯⋯

他們開始明白到露絲是在向他們展示著一些他們所不知道的事。當影像的傳播告一段落之後，徐文往露絲望去。

這時，眾人的腦海裡忽然間響起了一把年輕的女聲：「剛才我給你們看的，全都是我所看過的事情。」

徐文一震：「露絲，是你在跟我們說話嗎？」

露絲點點頭。

宇進說道：「這就是所謂的心靈感應吧？我還是第一次碰上。」

露絲不能說話，改用這種方法來與他們溝通，倒也不成問題。

她繼續道：「我原本是不明白你們這種用語言的溝通方式的，可是徐文要我解釋這一切，我才試著去做。」

宇進愕然：「你怎能在這短短的幾天時間之內就掌握了我們的語言呢？」

露絲道：「你們人類對自己的能力了解不足，引致無法好好的運用自己的身體。我對這個身體的每一部分都了解得十分透澈，只要我想，我就能辦到。」

徐文顫抖著問：「你…你真的不是人類？」

露絲看著他，點了點頭。

「那為什麼…？」

露絲深深地看進徐文的眼睛，深情地道：「因為你。」

眾人愕然。

徐文更是摸不著頭腦：「因為我？」

「嗯。16年前你救了我，所以我才……」

宇進道：「16年前？就是小文出事那時侯？」

露絲點點頭：「不錯。唉…真是說來話長…」

「我原本是生長在這森林裡的，在漫長的歲月裡，守護著這森林。在人類踏足這地方的時候，因為他們的脆弱，我允許了亞塔族人摘取我的果實，以保障他們不被其他生物所傷害。

　　「但是，人類迅速的發展也令我始料不及，人類的無知與貪婪令到我的存在開始受到威脅，我不得不盡力的保護自己。每當有人類想對我不利時，我都會把他們給化為飛灰。

　　「16年前，天上忽然傳來了巨響，有一輛人類的飛天工具墜落了。我的感知告訴我，裡面有人逃了出來，其中兩個就是徐文和你的伯父。」敘述到這裡，徐文挺了挺身子。

　　露絲續道：「因為押送著你們倆的車子發生了意外，你們最後被亞塔族的人給救了。你伯父在醒來後把你給抱走，闖進了我的棲身之處。　」

　　「你的伯父為了不讓我落在壞人的手上，打算把我犧牲掉，在我身上淋了火油。那時剛好是我的果實被摘，新果初長之際，能力大削，沒有能力自救。正要點火時，你醒來了⋯⋯」

＊　　＊　　＊

　　「伯伯! 不要!」

　　徐浩驚道：「小文，你怎麼醒來了？」

　　年小的徐文跑了過來：「這植物好好的，為什麼要燒了它？」

　　徐浩歎道：「這植物有著不可思議的力量，現在有很多壞人想要得到它。如果真的讓他們得到的話，就會發生很大的災難啊。伯伯是不想讓它落在壞人手裡啊!　」

　　徐文搖著他的手：「可是它也是生命啊!」

「我知道!可是我沒辦法了啊!」

「可以的!我們把壞人都打跑了不就得了?」

對於徐文的天真,徐浩真是百感交集。

「對不起,小文!」說罷他一推徐文,手上的打火機就向那「森林之神」拋去。

「轟」整棵植物被燒了起來。

「不要啊!!!」

徐浩痛苦地閉上雙眼。

徐文大急,把背囊裡的東西全都倒出來。

「有了!」

只見他把所有裝有液體的容器都打開,當中有著紅色的,也有黃色的,他也不管那是什麼就往火裡澆。火被那麼一澆,立即被撲滅。

那植物有一半的葉子已被燒成灰,主幹也枯黃了大半。

「你在幹什麼?」徐浩驚恐道。

「我只是想……」徐文說道一般便搖搖欲墜,倒在地上。

「小文?小文?」徐浩把他抱起來:「怎麼回事?」

他環目四周,看到了剛才徐文澆水後丟下的空瓶子。

「糟了!」

＊　　＊　　＊

聽到這裡,宇進「啊」的一聲叫了出來。

露絲讚許地道:「你想到了?」

宇進點點頭。

「小文丟下的其中一個瓶子裡裝的是那一塊放射性礦石！原本密封的容器裡面的液體全叫小文給倒出來了！礦石暴露在空氣中，小文一定是被輻射侵害了！」

露絲道：「不錯。那時他倒在地上，他伯父焦急得很，立即把他給背起來跑掉了。想必是他把徐文放在木頭上隨河漂流的，他自己卻從此下落不明了。」

眾人點點頭。

好一會宇進才再開口：「那麼你這身體…」

露絲含情脈脈地看著徐文：「就是那一次，我得到了這身體。」

「什麼意思？」

「當他們走掉後，我的軀幹雖然將近枯死，但是因為徐文的舉動，讓我活了下來。那塊礦石就是關鍵。

「那礦石所發出的輻射，雖然傷害了你，可是卻促進了我的細胞再生能力，令我在短時間內痊癒。但我沒想到的是，我複原後竟然有了一幅人類的身體！我想了一下子才明白，因為那礦石的輻射作用，兩種不同的細胞突破了各自生長的規律，而融合在一起了。」

「兩種細胞？」徐文奇道。

露絲道：「你說我長的像誰？」

「啊！」眾人有如雷殛，全身大震。

「我知道了！」宇進叫道。

眾人也是張大了嘴巴，不能置信。

其實一切都很明白了。

當年徐浩來找徐瀚時，是帶著瑪麗的血液的。

徐文肯定是把它用來滅火了！

可以猜想是由於礦石的輻射作用，瑪麗的血液細胞和「森林之神」的植物細胞融合在一起，長出了一個新的身體，外表就根據血液細胞原主而塑造。

所以她不是跟瑪麗「很像」，而是有著「同一副身體」！

這實在是太不可思議了。

而有了人身之後，「森林之神」的治愈力量便轉移到血液裡，這就是為什麼她把血滴在傷口上就能癒合的原因。

「我有了這副身體後，就一直在等徐文的到來。那一天，我等到了。我希望永遠和他在一起，所以一直干擾著他的思想，讓他記不起其他的事⋯」

「我不想你不開心，所以昨晚趁你睡著之後偷偷地治愈了那幾個人⋯」說到這裡，露絲低下了頭。

其他人都覺得既詫異又感動。

這棵植物有了人類的身體後，也有了人類的七情六欲。

徐文首當其衝，份外感受到露絲對自己的愛。

不止徐文，其他人都都感受到了。

這份愛超越了語言，超越了種族，甚至超越了物種。這份感情，是完全沒經過人世間啄磨的情感，不加修飾，至純至淨，可說完完全全是人性美好的一面。諷刺的是，擁有這份高尚情感的卻不是人類！

徐文微笑：「這就是為什麼你自稱『露絲』吧？因為你原本就是『自天上來的玫瑰』！」

　　露絲原本還在害怕，擔心徐文知道她的身份後會嫌棄她，如今聽得徐文這樣說，激動地撲進他的懷裡。

　　徐文摟著她，溫柔地道：「你是人也好，是花也好，總之我們永遠在一起！永遠都不分開！」

　　露絲激動得流下了眼淚。

　　宇進等都「聽」到她的疑惑：「這就是眼淚嗎？我⋯我會流淚？」

　　徐文道：「這就是你成為人類的證明！」

　　露絲閉上眼睛：「原來⋯流淚是這種感覺⋯真的很美麗！」

　　徐文向宇進說道：「就跟我爸說，我被花妖給迷住了！」

　　宇進失笑起來。

　　不過想深一層，不就是如此嗎？

　　傳說中的樹妖、花妖，說不定也是這樣子變成人類的！這種事誰說的上來？

第二十一章•失策

經過露絲的同意，那姆抽取了她的血液並儲存起來，以作研究。

由於事情實在是過於匪夷所思，眾人一致同意替露絲保守這秘密，就把它當作是一場奇遇好了。

其他亞塔族人聞得他們的「神」已經回歸，皆大歡喜不在話下，連帶著徐文的身份也提高了不少。

杜杜尼把他的長老草屋給讓了出來，好讓露絲和徐文能擁有「最大的」房屋，他和露絲的草屋則給了杜杜尼和夫迪。

露絲治好了所有的人，就在打點好一切後，所有的村民舉辦了一場巨大的祭祀。不管男女老少，都手牽著手在一籌大火旁邊唱著他們的歌。

宇進和麗娜插不上口，只能坐在水池旁看著。

「你說小文以後會怎樣？」宇進問。

麗娜搖搖頭，答不上來。

那姆走到他們身邊，舉起手中的瓶子笑道：「不喝一些酒，哪能盡興呢？」

宇進失笑：「這是他們釀的酒？」

「可不是。他們不只有那種趕蟲子的飲料。」說罷那姆送上三個杯子：「來吧，我們喝我們的！」

凌晨。

正當每個人都仍是好夢正甜的時候，一種異響劃破了寂靜。

宇進和麗娜相擁著在睡覺，他昨晚喝得不多，所以仍然有著極高的警覺性，聞聲立刻醒了過來。

他覺得奇怪，凝神一聽，便認出那是直升機的引擎聲。

他彈了起來，顧不得被他撞得滾到一邊去的麗娜，拿起槍便掠出了草屋。

山洞橫七豎八的躺著很多酒醉未醒的人，可見昨晚的狂歡是多麼熱烈。

直升機徑直來到山洞頂的天窗上方，但洞口被大量植物掩蓋著，沒辦法看到上面的事。

「小進!」那姆來到了他身邊。

「你也發覺了?」

那姆點點頭。

「媽的! 他們來的真是時候!」宇進罵道。

現在整個山洞中就只有他們兩個行動自如，其他人連清醒也成問題，更甭說反擊了。

還沒有空多討論兩句，天窗上便傳來「呼呼」的聲音，掩蓋的植物燒了起來。

宇進立即張開喉嚨大叫，還大力地搖動身邊那些的醉倒的人。

可惜他的努力仍未有任何收穫，幾件物體便從上面的洞口給拋進來。

「糟了!」

二人動作一致，迅速地躲在一件草屋後面。

　　他們仍未有機會看清楚那是什麼，那些物體便在半空中連續地爆成巨響與閃光。

　　那是對付恐怖份子時常用的「驚魂彈」，沒有殺傷力，但卻能暫時剝削對方的聽覺和視覺，還可以令對方暫時失去活動能力。

　　在山洞中聲音會產生更強烈的迴響，宇進和那姆猝不及防下中了招，腦袋一陣劇痛，全身像蝦公般捲縮在地。

　　頂上的洞口已經了無遮蓋，只見直昇機放下了繩索，滑下了幾名全副裝備的軍士。

　　宇進還在盡最大的努力，掙扎著舉槍射擊，可惜腦袋天旋地轉，連半分也沒擦著。軍士們甫一到地面，便立即跑進露絲的草屋裡去。

　　宇進艱苦地爬了起來，跌跌撞撞地向草屋跑去。他的平衡感仍在震盪著，好幾次撲倒在地，甚至一頭撞在一堆草裡。

　　只見那幾名軍士們走出了那草屋，其中一名的肩上還抬著昏迷不醒的露絲。他們動作迅速，很快便回到了洞口底下，把繩索給綁在身上。

　　在半空中的直升機收到訊息，便緩緩的向上升去。

　　就在那些軍士快要離開洞口的時候，其中一名軍士向洞內拋下一樣東西。

　　那姆眼尖，看到那東西是什麼，慘叫道：「鏈形手榴彈(Chain Grenade)！」

　　那是一種像皮帶般的手榴彈串，一般有5秒長的引信。它爆起來威力奇大，足夠炸掉直徑25公尺內的所有草屋。

「啪啦!」那東西掉在眾多草屋中間。

宇進剛剛從草堆中爬起來,聞得那姆大叫,不加思索地便向那串東西撲過去,這時距離爆炸還有3秒。

宇進一碰到那東西,便用盡全力把它給拋到水池中去,總算宇進臂力了得,那東西越過十多公尺的距離,掉進水里。

「轟轟轟轟!」那串手榴彈爆炸起來,把水池的水炸得四下飛濺,爆風不但把宇進給震飛到撞在一間草屋上,更把附近的草屋給震得東倒西歪。

幸好是在水里爆炸,減低了不少威力,否則後果真是不堪設想。

那姆跑到宇進身旁,扶著他搖搖晃晃地站起來。

「你還好吧?」

「我沒事。」 宇進道:「露絲落在他的手上了。」

「他是怎樣找到我們的呢?」

「先別說這個,把人叫醒再說!」

「什麼?露絲被抓走了?」徐文失聲道:「她被抓到哪裡去了?」

宇進道:「直升機向東飛去,目的地應該是你所見過的那個病毒實驗設施。根據那姆的衛星系統顯示,應該是在距離這里東面約80公里的河邊。」

徐文的拳頭重重地錘在地上:「都是我的錯!我為什麼要喝那麼多酒?如果我喝少一點,我就可以保護露絲了!」

宇進沉聲道：「對方是經過訓練的一流僱傭兵，就算你沒有喝酒，事情的結果還是不會改變的。」

徐文想反駁，卻又說不出話來。

「難道我們就這樣坐著什麼事都不干嗎？我們要把露絲救出來啊！」他喊道。

宇進道：「現在我們的實力太懸殊，得好好的計劃一下，才可以採取行動……」

徐文打斷道：「還計劃？人都被抓走了，還哪有時間計劃？我們要趕緊去救人！」

宇進對徐文的不可理喻感到十分懊惱，大聲道：「你理智一點好不好？我們得先看清楚情況才能救人啊！」

豈知徐文竟然也大聲回應：「我不理智？我說你根本就是對露絲有偏見！是不是你知道她不是人，所以根本就不想救……」

話沒說完，那姆便怒喝道：「小文！」

徐文聞聲一震，停止了說話，張大了嘴巴不知所措。

那姆過來，向徐文責道：「你怎能說出這樣的話？」

徐文瞪著他：「連你也……！」接著他環目一掃，看到各人的表情，都像是在責怪他，便重重的頓了一下腳，轉身走出了草屋。

加魯法想跟出去，被宇進阻止：「讓他冷靜一下吧！」

加魯法點點頭，道：「現在該怎麼辦？我們始終得把神給救回來。」

　　杜杜尼和夫迪因為需要安撫村民，所以沒有參加討論，加魯法成為亞塔族的唯一代表。

　　宇進嘆道：「只可惜露絲擁有了人身後，有很多能力都被削弱了，否則根本不需要我們去救她。」

　　那姆道：「現在的問題是對方有一整團的兵力，而我們就只有這幾個人。更何況他們是以逸待勞，我們卻得長途跋涉地去找他們，無論是在戰略或地理上，他們都處於絕對的優勢。要成功，只有出奇不意地偷襲。」

　　宇進道：「那地方憑崖而建，想偷襲的話那是唯一的入口。」

　　那姆搖頭：「那山崖幾乎呈90度垂直，而高起碼有200公尺，要上去就只能利用攀山的方法，這上下往哪兒找工具去？」

　　宇進嘆了一口氣。

　　這時外面傳來夫迪的叫聲：「宇進！你來一下！」

　　眾人連忙跑到外面去。

　　夫迪道：「我知道為什麼他們可以找到我們了！」

　　那姆問：「為什麼？」

　　夫迪道：「潘基嬸嬸說她醒來後，發現兒子不見了！」

　　麗娜和加魯法都不明白，宇進和那姆卻醒悟道：「他被漢斯抓了！所以漢斯才知道我們在這兒！」

　　夫迪點頭：「我猜小馬奇是趁大夥兒慶祝時溜了出去，被漢斯抓到。」

　　宇進搖頭嘆道：「這種時候才去研究原因已經沒有意義了，重要的是趕快想辦法救人。」

　　眾人同意地點頭。

宇進四處張望，問道：「小文呢？」

眾人也東張西望，沒有看到徐文的踪影。

宇進有種不好的預感，連忙向那姆擱置武器彈藥的草屋跑去。

一進草屋，只見其中一個鐵箱已被打開。

那姆看了一下，沉聲道：「不見了一把MP5和一把SIG。」

MP5是手提機槍的一種，SIG則是手槍的一種。

「這呆子！一個人去有什麼用？這不是送死嗎？」宇進臉色鐵青，氣得一腳踢在那鐵箱上，鐵箱的蓋子被震得蓋上，發出好大的聲響，連裡面的武器都被全翻倒。

麗娜從沒見過宇進發火，有點害怕；那姆則嘆著氣。

好一會宇進平靜了下來，毅然道：「沒什麼好說的了，我們就攻進去吧！」

那姆彷彿知道他一定會這麼說，表情沒什麼改變。

「你決定了？」

宇進看著他：「還可以怎麼辦？」

那姆沉吟一下，向宇進招招手，走向草屋一個角落旁的黑色箱子。

箱子有一公尺立方大小。宇進記得這是他來這兒前，那姆吩咐帶來的特定箱子之一，可一直不知道裡面是什麼。

「你自己看吧。」

宇進疑惑著把箱蓋打開。蓋子一打開，裡面的夾層便自動的向兩旁滑開，變成了一個擁有三層的「V」型工具箱般的東西。

「啊！」宇進驚嘆了起來。

只見各種各樣工具和武器整整齊齊地排列在內，有一些宇進一看就知道那是什麼，有些卻看不出來。

他觀看了一下，看到裡面有著護腕、防彈衣等防具，發現所有東西可以合起來用，赫然就是一副經過特殊設計的裝備。

宇進拿起一隻護腕穿上，發現完全貼服自己的手臂，大小完全合適，簡直就是為自己量身定造一樣。

「這是…？」

那姆看了麗娜一眼，才道：「這是維珍妮亞留給你的。我把它取名『黑鷹』。」

「維珍妮亞留下的…？怎麼會在你那裡？」

那姆道：「其實是她給了我設計圖，我造出來的。我沒什麼可以為她做到，這是我唯一能做的。」

宇進望向麗娜，她眼中現出複雜難明的神色。

宇進走過去拉起她的手，二目相投。

麗娜從宇進的眼神中見到坦然，明白到自己是多慮了，是以緊緊地回握著他，以示信任。

宇進笑著向那姆道：「來！解釋這東西給我們倆聽！」

第二十二章•潛入

　　月色朦朧，宇進藉著樹木的掩護，悄悄地來到了了河邊。

　　漢斯的大本營高聳在河對岸的高崖上，從這個角度看上去，就像吸血殭屍的城堡般，陰森恐怖。

　　可漢斯現在得到了露絲，不就是為了她的治愈能力－她的血液嗎？說他們是吸血鬼也不為過。

　　宇進調節著臉上夜視鏡的焦距，看到崖邊有著不少軍士在巡邏，看樣子要偷偷地爬上去不是易事。

　　他看了一下手錶，距離行動還有五分鐘，便進行最後的裝備檢查。

　　時間一分一秒地過去。

　　那姆說過，這副『黑鷹』是用碳纖維複合材料來打造，不但重量輕，而且耐熱耐衝擊，除了關節部位外，其他地方都有著良好的避彈作用。

　　其實維珍妮亞的原意是打造一幅「能應付任何惡劣環境的探險裝備」，所以這裝備並沒有什麼巨大殺傷力的武器，但是在戰鬥之外的場合可說是妙用無窮；至於武器的不足，就只有用外帶的了。

　　時間到。

　　只見遠方的森林冒出爆炸的火光，響聲震動了森林，裡面的鳥獸紛紛走難。

　　「嗚……」崖上的建築物發出了警號。

　　宇進知道是時候了，含上了他愛用的小型氧氣筒，「撲通」一聲地潛進河裡。

　　那姆帶領著亞塔族人正在森林里和敵人激烈地交戰著。

　　原本宇進並沒有打算讓亞塔族人參加戰鬥的，是杜杜尼的話讓他改變了主意。

　　「我們的神被抓走了，身為森林看守人的亞塔族人就必須把她給救回來！為了偉大的神，亞塔族人是不會怕死的！」

　　連加魯法也來勸宇進，他只好同意了。

　　加魯法提議他們在前門強攻，吸引敵人的注意力，宇進就趁機從山崖下爬上去救人。

　　那姆把所有的武器都拿出來分給亞塔族人用，把他們變成了一團不可小覷的武裝部隊。

　　而麗娜的責任就是在直升機上候命，一收到訊號就啟動直升機，把徐文和露絲帶離現場。

　　交戰了十分鐘，對方雖然佔優勢，但也低估了亞塔族武裝後的實力，死了不少人。

　　亞塔族幾乎出動了所有的人，除了行動不便的人外，男女老少都出動了，勸也勸不住。

　　他們一來是為了救他們的神，二來是為了之前犧牲了的族人報仇，所以打起來人人奮不顧身，對方雖然是受過訓練的僱傭兵，但面對著一大群不怕死的

人，總也難免有些膽怯。此消彼長下，亞塔族人更是奮勇。

就在那姆以狙擊槍了結了第八個人後，聽到有引擎聲傳來。

夫迪向他大喊：「糟了！那個來了！」

那姆定睛一看，見到有好幾輛那天殺死很多亞塔族人的裝甲車正在駛來。

夫迪焦急地問：「怎麼辦？」

那姆冷笑：「有什麼好怕的？」說罷他舉起了掛在背後的榴彈砲，朝最靠近的裝甲車開了一砲。

「轟！」那砲彈在裝甲車的外殼上炸開來，但伴隨而來的不是強烈的爆炸，而是具黏性的可燃性液體，液體就那樣附在車的外殼上燃燒起來。

這種液體燃燒起來可以達到攝氏900度以上，裝甲車內的氧氣會被迅速的抽光，裡面的人很快就會窒息而亡。

那姆繼續以同樣的手法對付其他的裝甲車，這些人連手無寸鐵的村民都殺害，實在死有餘辜，故那姆對付起來也沒什麼良心不安。

就在最後一輛裝甲車也被燒毀時，那姆帶領著剩下的亞塔族人攻進正門去。

由於那姆那邊吸引了大部分的僱傭兵，所以宇進爬到崖上時，並未曾被發現。

原本他是沒有攀山工具的，但他身上這副裝備卻讓他能夠攀的上來。

他的兩隻護腕和靴子兩則裝有可伸縮的「爪」，靠著它宇進便可以一步一步地往崖上前進。

他攝手攝腳地走到主樓外7個實驗室其中一個的外面。

這種實驗室的外表十足像一個油桶，只是給放大了而已。

宇進翻開左護腕內則，那裡有著一排按鈕和一個小型的屏幕，他按下其中的一個按鈕，屏幕亮了起來，顯示出了以他為中心半徑50公尺的立體透視圖，實驗室裡的人和物，物質種類等等全都一目了然。

他這副探測器材是融合了他探險時常用的金屬探測器、熱探測器和其他很多儀器而成的。透過內置的超小型電腦的即時計算，他可以立即知道所在地的一切資料，包括地貌、岩石成分和氣候等等。

據那姆所說，這副裝備的成本相等於一輛戰鬥機。

宇進憑著這探測器，不需要看實驗室，便知道露絲和徐文不在裡面。

他走到實驗室外牆的盡頭時，護腕突然震動起來。

宇進給嚇了一跳，只見屏幕上閃動著紅字。

「發現監視攝影機」

他調動了一下，屏幕上顯示他所倚的牆壁是監視攝影機的死角，但只要再踏出一步，便會被監視攝影機發現。

這儀器竟然可以探測到附近的攝影機，宇進不禁佩服起那姆來。

他掉頭一面看著屏幕一面走動，尋找監視網的縫隙，不一會便肯定了這幾棟建築物外表是實驗

室，裡面其實藏有大量的軍火，可見漢斯的野心實在不小。

但是奇怪的是，不止漢斯自己，連露絲和徐文，甚至小馬奇都不在這些建築物裡面。

他們會在哪裡呢？

「難道…是在地下室？」

正門的戰況從勢均力敵變成了一面倒。

原來正門的大閘兩旁有著威力強大的旋轉機槍，除非亞塔族人有著坦克車，否則決無可能闖得進正門內。

那姆也沒想到對方竟然會有如此強大的武器，只由不斷地找地方躲避。

可是旋轉機槍的威力實在非常強大，不少亞塔族人賴以躲藏的樹木也被它射得斷裂，打得亞塔族節節敗退。

那姆向夫迪和加魯法望一眼，他們點點頭，取下背上的東西。

那是兩支小型火箭筒(RPG)。

二人依照那姆的指示，把火箭筒託在肩上，各自透過鏡頭瞄準了一台旋轉機槍。

「嘶……」兩枚火箭從筒中射出來，直勾勾地向前飛去。

「轟！轟！」兩台旋轉機槍同時被炸得粉碎，連背後的圍牆也震塌了一部份。

夫迪和加魯法歡呼了起來，帶頭衝進正門內。

這時雙方各損失了約三分之一的人數。

「噹!」宇進一腳把通氣口的鐵欄給踢開,從裡面爬了出來。

這是一間雜物房,裡面亂七八糟地放著許多清潔工具。

按照他的估計,這裡距地面約有50公尺。由於研究所是憑崖而建,所以地下室的牆壁距離懸崖要比距離地面要靠近得多。

宇進啟動探測器,發現這裡有著強烈的干擾,無法探測。

既然探測器不能用,那只好用原始的方法了。

他把耳朵貼在門上,傾聽門外的聲音。

過了一會兒,他確定外面沒有人後,才輕輕地推門而出。

他把警覺性提升到極限,在走廊中快步前進。

走了相當長的一段距離後,宇進發現了一件很奇怪的事。

從那雜物房開始,這走廊的兩邊什麼都沒有,究竟這走廊是通向什麼地方的呢?

但是這樣的設計卻有一個好處,就是沒有任何地方可躲藏,有什麼東西都一目了然,易守難攻。

再擺過一個彎後,宇進來到了走廊的盡頭。

「難道我來錯地方了嗎?」旋又搖頭:「不對,這走廊建造的那麼奇怪,一定是有目的的。」

他走到來盡頭的牆壁,仔細地檢查著,很快便發現牆壁上有著幾乎看不到的幼細隙縫,組成了一個巨大的長方形,證明這裡有著一道門。

可這道門沒有把手,又沒有電子鎖一類的東西,要怎麼打開呢?

就在宇進苦惱間，那巨大的長方形緩緩地向內陷了進去，在陷進了20公分左右之後，長方形便向一旁滑開，一名軍士走了出來。

在這走廊中宇進根本就是避無可避！他只好以最快的速度，在那軍士仍在訝然時，一拳照臉打下去。

「砰！」那軍士還未看清楚來人是誰，便被擊暈過去了。

宇進把他給拖出了門口，大步地跨了進去。

門後是另一條很短的走廊，宇進走到盡頭處，立刻被眼前的景像給震懾了。

只見那是一個很大的方形空間，四面都有著無以名之的儀器；漢斯正在指揮著裡面的研究人員工作。

而房間的正中央，有一個人被粗大的鐵鍊給鎖著，懸吊在半空中。

那不是別人，正是露絲。

令宇進震怒的是，露絲的身上被插了很多的塑膠管，管子裡有著紅色的液體。那會是什麼？當然是血！

漢斯正在抽取露絲的血！

如果露絲還是一株植物，這樣抽取或者不會造成很大的危險，但現在的她是人！人如果失去了超過三份之一的血液時就會死亡！

宇進閃到一個櫃子的後面，研究救人的方法，卻聽到漢斯的聲音：「宇進！難得到了這裡，就出來吧！」

宇進心中打了個突，但沒有立即行動。

為什麼會被發現？到底是哪裡出了錯誤？

他腦中一閃，想到了問題出現在哪兒。

那走廊！

那走廊雖然沒有像攝像機一類的東西，卻不代表什麼都沒有！它很可能秘密地裝有其他類型的探測器，自己一個大意之下中了招。

他仍在想著，漢斯的聲音又響起：「不想露面是嗎？那這樣是否會令你改變主意呢？」

說罷他一揮手，兩個軍士挾著一個人從一旁走了出來。

宇進一看，幾乎忍不住叫了起來。

那是徐文！

最終章・生命

宇進仍在猶豫，漢斯又道：「宇進博士，你不會那樣冷血吧？」

話畢漢斯拔出了手槍，指著徐文的太陽穴。

宇進知道不能再拖，大叫道：「我出來了！你別傷害他！」

他雙手高舉，從櫃子的後面走了出來。

他一現身，立刻有一大堆的軍士舉搶嚴陣以待，當中走出了兩個人，把宇進的槍都拿走了。

徐文看到宇進，立刻掙扎著大喊：「進！快點救露絲啊！」

漢斯揮一下手，兩個挾著徐文的軍士把他的手臂往後扭，徐文痛得叫了出來，話也說不下去了。

宇進心中嘆了一口氣。

「你想怎樣？」

漢斯好整以暇地道：「我想怎樣你很清楚。我只不過是想得到那種能治好一切的植物罷了。」

宇進看了看露絲，沉聲道：「你這樣子對待她，她會死的！」

漢斯笑：「她的生命力比你想像中的強，你放心好了。」他對自己的殘忍行為竟然毫無廉恥之色。

　　宇進心中怒火大盛，可是他知道生氣也沒有用，只能拼命地壓下怒火，道：「你要怎樣才肯放人？」

　　漢斯道：「你想要回徐博士嗎？你們現在就可以走。」

　　他揮揮手，那兩個軍士立刻放了徐文。

　　徐文跑到宇進身邊：「你不能丟下露絲啊！」

　　宇進沒有理他，向漢斯問道：「那她呢？」

　　漢斯搖頭：「那可不行，她可是我們計劃中的靈魂，我還需要她。」

　　徐文發急起來，想向前衝過去，被宇進拉住了：「計劃？什麼計劃？」

　　漢斯遲疑一下，微笑道：「告訴你也無妨，可你們就不能離開這裡了！」

　　宇進看看四周：「反正這兒看起來也闖不出去。」然後他聳聳肩，一副無所謂的表情。

　　漢斯笑笑，命令人拿來幾張椅子，招呼二人坐下了來。

　　「我的計劃很簡單，就是要打造一團不死的軍隊！」

　　宇進曾經從加魯法那兒聽說過漢斯曾祖父的事情，所以立刻知道是怎麼回事。

　　漢斯續道：「我本來是想在找到那植物後，找徐博士幫忙研究的，但是現在我有了現成的渠道，計劃進度就能加快了。現在我只需要把抽出來的血液裝進針筒，讓軍士們隨身攜帶，那麼我們的軍隊就成了名符其實的不死軍隊了。」

　　徐文聽得如坐針毯，痛苦地看著露絲。

　　宇進問道：「那這個病毒實驗室又是怎麼回事？」

「這個實驗室是為了研究新種病毒而建的。早在二戰之前,我的曾祖父就已經替希姆萊司令研究新種病毒,只是時不予他,他並沒有機會實行他的計劃。」

「這裡還收藏著比伊波拉更強的病毒的,但是我們仍在測試那种血液是否真的能治好這種病。只要答案是肯定的,我就可以恢復昔日德意志帝國的風光!」

宇進終於明白他的計劃了。

可以想像這新型病毒的威脅會震撼全球,而全球大概沒有幾個國家能夠有效地研究對抗的方法。而如果漢斯的軍團得到了不死良方,那他們就可以毫無忌憚地使用新型病毒對付任何國家,完全不需要擔心自己人的生命危險。

這真是很恐怖的一回事!

宇進看了看根本就沒在聽的徐文一眼,沉思不語。

漢斯站了起來道:「是時候送你們倆上西天了。」然後他對徐文道:「等我研究到你小情人血液中的秘密後,我就會送她去陪你,你不用等太久的。」

說罷他一聲令下,宇進和徐文的面前密密麻麻地出現了許多槍口。

徐文臉如死灰,宇進則毫無懼色。

漢斯陰險一笑:「宇進博士真不愧是見慣大場面的人!」說罷把手舉起來。

所有軍士就在等他的手放下來,屆時就會扣下扳機,把宇進和徐文射成蜂巢。

宇進卻在這個時候笑了起來。

漢斯愕然：「你笑什麼？」

宇進道：「你們這裡一定是很久沒有打掃了。」

所有人聽了，都是一怔。

宇進就是在等著這一刻，只見他手一揮，一把小刀從手中急射而出，飛向牆壁的頂部。

他這小刀是身上裝備的一部份，薄如紙片，藏在皮帶內。漢斯的人在替他徵械時並沒有發現到它。

「啪！」小刀命中了牆壁頂部的一樣物體，甚至把它給擊落下來。那東西掉在地上，赫然是一個蜂巢。

原來剛才宇進在跟漢斯說闖不出去的時候已經發現了它。

就像前兩次一樣，無數的黃蜂傾巢而出，撲向附近的人。軍士們驚慌失措，尖叫著拼命開火反擊。宇進、徐文和露絲因為最近飲用過亞塔族的秘方，黃蜂不會侵襲他們。

這就是森林的戰法。

宇進趁機從那些軍士們手中奪過他們的槍，把他們擊倒。

但當他要對付漢斯的時候，卻發現他已趁亂跑了。

「可惡！」

救人要緊，宇進只好先救露絲，他把鐵鍊給射斷了，露絲跌在徐文的懷裡。

徐文緊緊地抱著她：「露絲！露絲！」

露絲衰弱得睜不開眼睛來，宇進道：「先離開這裡再說！」

徐文答應著，扶起了露絲和宇進往那走廊走去。

當他們走到出口處的時候，前門已經是滿目瘡痍，四處都是濃煙、火光和屍體。

漢斯的軍隊在那姆等人的強大火力下，潰不成軍。

那姆在濃煙中現身：「小進！小文！」

宇進向他點點頭：「立刻把他們帶走！」

那姆點頭：「我們也找回小馬奇了。」說罷用身上的通訊器聯絡麗娜。

加魯法等人也跑了了過來：「神！」

徐文剛放下露絲，背後突然被不知道什麼尖銳的東西插中，痛哼一聲倒了下來。

其他人等均大吃一驚。

宇進首先向上望去，卻沒有看到任何人。

那姆在徐文的背後拔出了一支針筒。

「是特製的狙擊槍！這裡面裝的可能是毒藥！」

宇進疾聲道：「會有生命危險嗎？」

那姆搖頭：「不知道。」

只見徐文全身顫抖著，冷汗直冒，很是不妥。

宇進心向下沉去，道：「一定是漢斯。我去找他拿解藥，你先把他們送回去！」說罷站了起來。

加魯法道：「我陪你去，我剛才看到有人在天台。」

宇進看看他，點點頭，二人迅速地跑進主樓裡。

宇進和加魯法走到天台。

「我知道你會追上來的！」

漢斯正定定地站在天台中央，瞪著二人。

　　他的臉上有著一點一點的斑點，顯然是被黃蜂針過，但看上去也不甚嚴重。

　　兩人舉著衝鋒槍指著他。

　　宇進吸了一口氣道：「你把我們引上來是為了什麼？」

　　漢斯冷冷道：「因為我要親眼看到你絕望的樣子！」

　　宇進彷彿知道他所指為何，疾聲道：「小文中的是什麼毒？」

　　「徐文中的是了我所說的超級病毒，就是有那女的血液也不一定管用！」

　　宇進怒叫一聲，舉槍指著漢斯的頭：「你…！」

　　漢斯完全無視宇進的槍，奸笑道：「你看看這個！」

　　說罷他翻開了大衣，露出了綁在身上的炸彈，其分量足以炸掉整個天台。

　　「別亂來，否則咱們就會同歸於盡！」

　　這時有一輛直升機向天台飛過來，宇進可肯定那不是麗娜。

　　既然不是麗娜，那就是來接漢斯的了。

　　漢斯一步步地向天台邊緣走去。

　　宇進心中實在不想把他放走，可是又沒有把握可以保證他不會引爆身上的炸彈。

　　直升機來到了漢斯的上方，拋下了繩梯。

　　「再見了！」

　　就在他攀上繩梯的時候，加魯法忽然大喊著向他衝過去。

　　宇進叫道：「加魯法！」

漢斯拔槍，一槍命中了加魯法的胸口，不屑地道：「下等種族！」

但是加魯法卻沒有像他預期般倒下，反而增快了速度。

宇進又叫道：「加魯法！」

加魯法叫道：「我要為我的族人和父親報仇！」

漢斯訝然中再連環開槍，但都無法令加魯法停下來，待他想要攀上繩梯的時候，一切已太遲了。

加魯法重重地撞在他身上，摟著他衝離了天台。

二人急速下墜，在漢斯的尖叫聲中，加魯法拉下了他身上炸彈的引信。

「轟！」

二人在半空中被炸成了碎粉，爆炸力令整棟大廈的窗子全都被震碎，外牆也被炸塌了一大截。

宇進被氣浪給吹離天台，在高空中向下掉去。

在千鈞一髮間，他射出了護腕中的鋼索。

「砰！」

鋼索釘在外牆上，硬生生地止住了宇進向下掉的勢子。

與以往不同的是，這次射出的鋼索是兩條，強度更勝以前，且分開兩邊射出，這麼一來不止可以減輕每一邊釘子各自所承受的重量，而且可以令宇進手臂的負擔大大減少。

他回過神來時，發現有一塊尖銳的石片正插在左胸上，差少許便刺穿了胸上的護甲。

若非他這身裝備是用碳纖維複合材料來打造，石片早就刺穿他的胸腔了。

「謝謝你，維珍妮亞！」宇進低聲道。

天台因失去了部分支撐而塌下，宇進只好想辦法回到地面去。

當他回到地面的時候，對方的直升機已經飛遠了。

想起加魯法多番的相救，宇進痛心地叫道：「加魯法………！」

當宇進回到亞塔族的落腳處時，人人皆神色黯然。

他看到麗娜，走過去問道：「他們倆怎樣了？」

麗娜眼中有淚光閃動，垂頭說不出話來。

宇進一震，急步跑向徐文的草屋。

草屋外圍著許多亞塔族人，他們都像是在祈禱著；草屋的四周被圍上了木欄，夫迪和杜杜尼正在守著門口，一副防止病毒傳染的模樣。

宇進他戴上麗娜遞過來的口罩，二人走了進去。

徐文躺在草屋中央，而露絲則躺在他旁邊。

徐文全身出現了紅斑，有些地方還正在滲出血水，眼耳口鼻均被包上了繃帶。

那姆看到宇進，難過地搖了搖頭。

「這跟伊波拉很像，但是要來的強。」

「不！」宇進難過地跪了下來：「可以借露絲的血液來用嗎？」

麗娜搖搖頭：「早試過了。露絲現在太虛弱，她的血液現在沒有足夠的力量治好徐文。」

「難道我們什麼都做不到嗎？」宇進叫道。

這時有一個聲音在他們耳中響起：「還有…一個辦法…」

宇進一怔。

「是你嗎，露絲？」他轉過身來。

露絲勉強睜開了眼睛，點了點頭。

宇進在她身邊跪了下來：「是什麼辦法？」

露絲沒有開口，聲音卻在三人的耳中響起：「把我…放在水池裡…讓我和池水融合，再把他放進去…我的血液或許…不能救他，但是融合後的池水會擁有我生命的力量，那就能救他了…」

三人一聽，愕然了好一會兒。

露絲又道：「快…他快要死了…！」

宇進道：「但是這樣你不就會…！」

露絲搖頭：「我不怕。」她臉上出現了一個愛憐的笑容：「能夠遇見他，和他走過這些日子，我已經很滿足了。我至少嘗試過人類的感情，很多人都沒有這種機會。」

宇進和麗娜互相望了一眼，兩手牽在一起。

那姆低聲道：「看來只有這個辦法了。」

麗娜跪在露絲旁邊，牽起了她的手，留下了眼淚。

「露絲…」

宇進也是很捨不得，但已經沒有辦法了。

露絲掙扎著把頭伸到徐文的額頭前，吻了他的額頭。

「再見了…」

徐文被抬到水池邊，這一耽擱，他身上又滲出了不少血水。

宇進抱著露絲，一步一步地走進水池裡。

　　露絲的眼睛一瞬不瞬地看著徐文，淚水滔滔地流了下來。

　　「宇進…可以答應我這…最後的要求嗎？」

　　宇進剛剛把她放在水深及腰的淺水區，聞言道：「你說吧！」

　　「請替我…好好照顧…他…」

　　宇進的眼淚再也無法忍住，他一邊流淚一邊點頭道：「一定！」

　　露絲滿足地笑了一下，向宇進道：「你也是，記得要好好珍惜身邊的人啊！」

　　這時露絲已經整個人都浸在水中，她的身上發出淡淡的藍光，藍光的亮度逐漸增加，不一會已經亮得令橫抱著她的宇進也無法直視。

　　所有人都被那光芒刺得閉上了雙眼。

　　露絲的聲音再每個人耳中響起：「再見了…」

　　光芒再持續了一下子後頓然減退，當眾人再睜開眼睛時，露絲已消失得無影無蹤。

　　宇進看著自己仍然未放下的手，神情黯然。

　　那姆嘆道：「來把小文放進水里吧！」

　　徐文的治愈過程只能用「神蹟」來形容。

　　當他的身體浸到池水中時，他身上滲血的紅色斑點迅速消失，連身上其他的傷痕都消退得乾乾淨淨。

　　本來他還在類似休克的狀況中的，但被池水泡了一下後，很快便回復神智。

　　那姆扶著他走到乾地上，徐文見到周圍的人的臉色，問道：「發生了什麼事？」

　　沒有人回答他，他四周張望：「露絲呢？」

麗娜忍不住哭了出來，撲到宇進懷裡。

徐文感覺到不對勁，疾聲問：「怎麼了？露絲呢？」

宇進放開了麗娜，悲痛地把事情說了一遍。

徐文聽罷，顫抖著道：「那…露絲…是…消失了？」

宇進點點頭。

徐文激動地抓住宇進的衣襟：「為什麼？為什麼她要…？」

宇進道：「她是為了救你…」

徐文瘋狂大叫道：「你明知她要犧牲自己，為什麼還答應她？為什麼眼睜睜地看著她去死？」他用力一推宇進，力氣大的異乎尋常，宇進被他推開了兩步，徐文跟著一拳擊中了宇進的臉頰。

在場的所有人都被他這舉動給嚇住了。

誰想到一向溫文的徐文竟會動粗，而對象竟然是自己的好友宇進？

宇進也萬萬想不到徐文會如此，猝不及防下中了他的一拳。而他這拳的力道是如此的大，宇進中拳後口角立即破裂流血，還「蹬、蹬」的退後了幾步。

他心中怒火大生，不等徐文的另一拳到達，便踏前一步，一拳照臉擊在徐文臉正中央。

徐文當然無法和宇進相比，立即慘哼著向後飛跌，爬不起來。

宇進跑到他身前，雙手抓著他胸前衣服把他給提起來，對著他流著鼻血的臉大吼道：「我不能睜睜地看著她去死，難道我就能睜睜地看著你死嗎？」說罷重重地把徐文往地上一放。

徐文呆住了不出聲，只是怔怔地望著宇進，好一會才慢慢地低下了頭，連一臉血也顧不了去抹。

兩行情淚淌下他的臉龐。

他悲痛地捲起了身子，失去了一切力量地坐倒在地上。

「露絲……！」

亞塔族在宇進和那姆的幫助下，離開了那山洞，回到他們的村子裡，進行重建的工作。

那山洞的池水自此擁有了治癒的奇異力量，成為了亞塔族名符其實的聖地。

杜杜尼等為了紀念加魯法，把他的名字給刻在刻上了歷代長老名字的石碑上，把他稱作「亞塔族的英雄」，讓亞塔族人世世代代都記得他的事蹟。

這天，那姆先一步離開了亞塔村，同行的還有夫迪。這年輕人自從認識了宇進等人後，便立下決心要跟隨他們到外面的世界去見識，那姆答應當他的導師。

那姆也會通知美國疾病控制與預防中心(CDC)去處理那研究所的病毒。

宇進在送行後，回到了那山洞中。

徐文這幾天來都只是不吃不喝地坐在水池旁，怔怔地看著水池。

宇進來到他的身後，低聲地道：「我明白你現在的心情，我也不想用什麼言不由衷的話來安慰你。我只是想說，露絲的離去已經是事實，如果你要繼續浪費你這靠著她犧牲自己來救回的寶貴生命，那也只好由得你。」

頓了一頓，又道：「我和麗娜明天就會離開，我們會回來探訪你的。」說罷他伸手拍拍徐文的肩膀，轉身離開。

次晨，宇進幫著麗娜把東西給放上直升機，麗娜問道：「他不會有事吧？」

宇進搖搖頭：「我不知道。希望他會振作起來。」

就在這時，徐文的聲音從二人身後傳來：「進！」

二人回頭，看到徐文正在向他們走來，手上還捧著一株巴掌大的植物。

「你…？」

徐文道：「我想通了。你說的對，我這條命是露絲救回來的，我不能浪費它。」

宇進看著他手上的植物，疑惑道：「這是…？」

徐文看著它道：「我今天才發現它在水池的中央。」然後他的表情變得無比溫柔：「這一定是露絲回來了。」

這植物的外形十足是一棵幼年的玫瑰，徐文又道：「我會把她帶回去，好好地培養。終有一天，我會把她的秘密給解開的。」

宇進一拍他的肩，道：「我知道你會的！」

麗娜突然從機艙裡把頭探出來：「喂！你們快看！」

宇進和徐文向麗娜在看的方向看去。

只見天空的彼方有一道美麗的彩虹，橫跨山上。

宇進和徐文相視一笑，爬上了機艙。

後記

　　麗娜在替她露台的花圃澆水。

　　宇進喝了一口咖啡，道：「小文昨晚給我送了電郵，說已經初步的解讀了那株玫瑰的一部分基因結構，如果有進一步的發展他會再通知我。」

　　麗娜應了一聲。

　　宇進走到她身後，摟緊她的腰。

　　二人看著麗娜她家外面花園裡的玫瑰，誰都不說話。

　　無論是動物或植物，都是一種生命。

　　生命會因死亡而結束，但其意義卻不會因死亡而消失。

　　而能否了解到生命的意義，就在乎於我們有沒有用心的去感受、去嘗試。

　　終有一天，當人類懂得珍惜所擁有的東西時，就會找到心裡的那一朵玫瑰。

　　像露絲一樣又美麗、又純潔的玻璃玫瑰。

《第二部·玻璃玫瑰　完》